리에종

이원복
울산에서 태어났다.
2014년 『경상일보』 신춘문예를 통해 시인으로 등단했다.
시집 『리에종』을 썼다.

파란시선 0092 리에종

1판 1쇄 펴낸날 2021년 10월 30일
지은이 이원복
디자인 최선영
인쇄인 (주)두경 정지오
펴낸이 채상우
펴낸곳 (주)함께하는출판그룹파란
등록번호 제2015-000068호
등록일자 2015년 9월 15일
주소 (10387) 경기도 고양시 일산서구 중앙로 1455 대우시티프라자 B1 202호
전화 031-919-4288
팩스 031-919-4287
모바일팩스 0504-441-3439
이메일 bookparan2015@hanmail.net

ⓒ이원복, 2021, printed in Seoul, Korea

ISBN 979-11-91897-10-4 03810

값 10,000원

*본 도서는 울산문화재단 '2021 울산예술지원 선정 사업'의 지원을 받아 발간되었습니다.
울산광역시 울산문화재단

리에종

이원복 시집

시인의 말

자음은 모음의 골절로 떨어져 나간 뼛조각이다.

때로 그 뼛조각을 이어 붙일 때 멍 자국이 남는다. 언어의 멍 자국
을 문지른다.

차례

시인의 말

제1부

헬싱키, 헬싱키

생각보다 많은 별
생각보다 깊은 어둠
생각하지 말아야 할 슬픔

겨울 헬싱키, 백조같이 새하얀 슬픔이
동지를 지나 점점 검고 푸르게 언 강을
쇄빙선을 타고 지나간다
투오넬라 문 앞에 도착하자
쇄빙선을 내려와 어둠 속으로 유유히 사라지는
백조 한 마리, 그 뒤를 뒤따르다
강물 속으로 잠겨 그대로 얼어 버리는
생각보다 많은 별
생각보다 깊은 어둠
생각하지 말아야 할 슬픔

쇄빙선 위에는 아직 남아
내가 붙들고 있는
아직 생각지도 않은 별
생각지도 않은 어둠
생각지도 않은 슬픔

겨울 헬싱키,
백조 같은 헬싱키

나의 악몽은 서정적이다

하늘을 향해 입을 벌린 금붕어를 닮은
항아리를 만들고 그 속에 들어가 잠을 잔다
성대를 다친 소녀들, 더 이상 노래하지 못하는 금붕어들
잠을 잔다
항아리의 주둥이를 배회하는 16분음표의 음색은
표현할수록 거친 것이어서 누구라도 성대를 다치게 된다
냉정해지자, 탁할수록 냉정해지는 게 필요하다
모두들 잠을 자는 시간, 바람의 음역대는 위험하다
저녁을 지배하는 고요의 폭력성이 고음역대 바람의 성
대를 찢고
항아리의 주둥이 부위부터 깨고 있다
물 위를 부유하는 기름의 무지갯빛 닮은 금붕어의 지느
러미가
스멀스멀 헤엄치는 항아리 속
성대를 다친 소녀들 입을 벌린 항아리처럼 앉아 있다
시간이 필요하다
누구나 시간의 어깨에 기대어 울고 싶어 한다
소녀들이 잃어버린 것은 목소리가 아니라 저항할 수 없
는 시간의 암보(暗譜)다
소녀들의 등에 지느러미가 생길 때까지 시간이 필요하

다
　항아리 속에서 소녀들이 다친 성대를 회복하고 다시 항
아리 밖
　거친 바람의 음표를 따를 수 있을 때까지
　누군가 깨져 허물어지는 항아리를 부둥켜안고 울고 있
다 거기
　거대한 항아리 모습의 외로움이 앉아 있다

나는 나를 위해 달린다

나는 당신이 가 보지 못한 언덕을 달린다

당신이 쳐다만 보던 국화밭을 가로질러

당신이 코피를 쏟던 아카시아 나뭇등걸을 밟고

아무도 당신의 이름 부르지 않는 대나무밭 사이를 지나

당신이 가 보지 못한 언덕을 달린다

나는 당신을 위해 달리지 않는다

오직 나 자신을 위해 달린다

나는 당신을 위해 달리지는 않지만

가끔 당신을 생각하며 언덕의 이름을 임시로 지어 본다

아무도 명명하지 못한 작은 언덕을 당신이 소유하게

한다

이 언덕을 달리는 것이 나의 한계라 느껴지지만

내가 이 언덕의 주인이 아니므로 나의 한계도

나를 벗어나 당신에게 달려간다

나를 위해 달린다는 것, 그것이 나를 쓰러지지 않게 하

는 방법이다

누구나 새들의 가슴을 쓰다듬을 수 있는 것은 아니다

내가 달리는 동안 새들은 나에게 가슴을 내준다

누구나 뱀의 눈을 핥을 수 있는 것은 아니다

내가 달리는 동안 뱀들은 나에게 눈을 내준다

나는 달리며 서서히 내 몸이 거대한 액체 덩어리가 되어 가는 것을 느낀다

당신이 나를 불어 주면 나는 이 언덕 위에 쏟아질 것만 같다

나는 당신을 위해 달린 것은 아니지만

이 언덕 위를 계속 달려 하나의 거대한 액체가 되어

당신의 이마와 눈과 가슴과 배꼽과 발바닥으로 스며들길

간절히 바란다

나는 당신이 쳐다만 보던 국화밭을 적시고

당신이 코피를 쏟던 아카시아 나뭇등걸을 씻어 내고

아무도 당신의 이름 부르지 않는 대나무밭 사이를 흘러

나는 당신이 가 보지 못한 언덕을 자라게 할 것이다

누구도 달릴 수 없었던 높은 언덕을 당신이 소유하게 할 것이다

그때 당신은 내가 그랬던 것처럼

당신을 위해 달려라

우체부 Joseph Roulin

그의 가방 속에는 죽은 새들이 쌓여 있었다
날개가 뜯긴 새들은 착지하는 방법을 몰랐다
땅, 혹은 나무 위에 안착하지 못한 굶주림이,
흰 봉투 속에서 나오지 못한 안부가 새들을 죽였다

깃털처럼 가벼운 안부는 때로 한 사람의 발걸음을 무
겁게 한다
그가 가방 속 죽은 새들을 하늘로 던지자
물감 자국처럼 허공에 찍히는 새들의 발자국
깃털들이 흰 봉투가 되어 흐느적거리며 땅 위에 안착
한다
이따금 팔레트 위에 짜 놓은 유화물감처럼
굳어 버린 얼굴은 기름 냄새를 풍기며 웃었다

하루의 명징한 슬픔이 굳어 버리는 저녁
물잔 속에서 나뉘는 물과 기름처럼
나뉘는 죽음과 삶이 더 섞이지 못하고 굳어지는 저녁
세상에는 상처받지 않을 자가 없고
위로받지 못할 자가 없다
세상에는 기록하지 못할 바람의 누적된 안부만 남았다

요람을 흔드는 밧줄처럼
그의 발을 묶고 있는 줄 하나가
아뜰리에의 고요한 잠을 묶어 흔들어 깨울 때
허공의 새들이 폭죽처럼 하늘에서 폭발하고
남은 잔해가 캔버스 위에 떨어진다

검은 물감으로 지워 버리는 웃고 있는 얼굴
태연하게 기름 냄새를 풍기며 사라지는 마을의 풍경들
이
그의 빈 가방 속에 차곡차곡 쌓이고 있었다

●우체부 Joseph Roulin: 반 고흐, 「우체부 조셉 룰랭의 초상」.

미노, 내가 붙여 준 새의 이름

미노, 내가 붙여 준 새의 이름
미노는 붉은 머리, 검은 부리, 하얀 날개
미노는 구름을 갉아먹는 새

외로움이 그윽할 때, 슬픔에 온통 잠겨 허기질 때
미노는 구름을 갉아먹는다
구름을 갉아먹다 배가 부르면
미노는 감당할 수 없는 제 무게에 날지 못하고
검은빛 감도는 강물 위로 떨어져 죽고 만다

(누구나 감당할 수 없는 몸집 하나를 죽지 아래 몰래 키
우며 살지, 그 몸집이 우리를 공격하곤 하지)

미노는 슬픈 새
미노는 구름을 갉아먹는 새
미노가 떨어져 죽은 강물 속에서
아주 큰 나무가 금방 자라 물 밖으로 나온다

미노, 내가 붙여 준 새의 이름
미노는 붉은 머리, 검은 부리, 하얀 날개

미노는 구름을 갉아먹는 새
강물은 미노의 집
물 밖으로 자라난 나무는 미노의 무덤
미노는 슬픈 새
미노, 내가 붙여 준 새의 이름

(누구나 감당할 수 없는 몸집 하나를 죽지 아래 몰래 키
우며 살지, 그 몸집이 우리를 공격하곤 하지)

왼손은 나비

기계가 사람의 꿈을 지배해 버린 슬레이트 지붕의 공장
프레스 기계가 찍어 내고자 했던 형상대로
그의 왼손이 오그라들었다
불의의 사고는 불의한 사유를 남긴 채
녹슨 날개가 돌아가는 선풍기 소리는
바다를 건너는 나비들의 날갯짓 소리를 닮았다
그의 오그라든 삶은 누구를 닮은 것일까?

멈춘 프레스 기계 사이에 끼인 장갑 한 짝이
나비처럼 앉아 있다
나비는 바다를 건너 고된 비행에 지친 듯
날개를 접고 있다

괜찮아요, 내게는 왼쪽 주머니가 있으니까요!
주머니는 나비의 집
날개를 접은 나비가 그의 왼쪽 주머니로
몸을 숨긴다
이 땅에서 더 버틸 수 있을지
다시 왼손을 어디서 구할 수만 있다면

고향을 떠나 그가 찍어 내고 싶었던 꿈의 형상들이
그의 왼쪽 주머니 속으로 숨었다
나비의 비행은 그의 왼쪽 주머니 속에서 다시 시작된다
프레스 금형의 형상대로 오그라든 왼손이 꾼 꿈은
과연 어떤 형상일까?
그의 왼쪽 주머니 속에서 왼손은
날마다 형상을 바꾸며 날아다닌다

그의 압축된 슬픔은 무거운 쇳덩이에 눌려
주머니 속에 날개를 접힌 채
매일 그의 모국어로 번역되고 있었다

내 슬픔은 낙타

지난겨울 우리는 예루살렘,
바늘귀라 불리는 조그만 성문을 통과하며
서로의 무릎 높이만큼 올라온 슬픔의 냄새를 짓눌렀다
밤이 새도록 우리는 더 납작 엎드린 채
서로의 발굽을 쓰다듬으며
갈라진 발굽 사이로 빠져나가는 쓸쓸한 계절의 끝을 배
웅하였다
계절이 바뀔 때마다 우리는 더 겸손해졌으며
다시 겨울이 찾아왔다
겨울은 슬프지 않았으나
겨울이 계속 반복되는 것은 슬펐다

사막에서 거친 모래 먼지를 피해
낙타가 자신의 콧구멍을 마음대로 닫을 수 있듯이
낙타가 선택할 수 있는 죽음의 방법도 그렇지 않을까?
콧구멍을 닫고 외부의 고통을 차단한 채
스스로 슬픔으로부터 고립되어 가는 것

죽은 새끼를 땅에 묻는 모습을 보고
몇 년이 지난 후에도 그 장소를 지날 때마다

잊지 않고 울음소리를 낸다는 어미 낙타는
새끼의 냄새를 기억하는 것일까?
죽음의 냄새를 기억하는 것일까?

등에 하나의 무덤을 얹고 지나가는 우리
낙타처럼 무릎 아래 고개를 숙이고 콧구멍을 닫는다
내 외부를 닫아 더 견고해진 슬픔
울음으로 파헤쳐진 봉분이
갈라진 발굽 사이로 흘러든다
포개 모은 두 무릎의 자국만 지면에 남아
기억하게 하는 것은
내 슬픔은 낙타
지난겨울 죽어 예루살렘 땅에 묻힌
새끼 낙타

●바늘귀: 마태복음 19장 24절

울지 말아요, 아르헨티나

부에노스아이레스,
여름이 가도 가을이 오지 않는
여름이 가도 겨울이 오지 않는

부에노스아이레스,
저녁이 그림자를 빌려주는 거리
희미한 불빛의 가로등이 무릎을 꿇는

불 꺼진 창 아래로 버림받은 고양이들이 모여
병든 사람들을 돌보는

여인들의 붉은 머리카락이 드라이플라워가 되어
녹슨 못을 가슴에 품고 하얗게 달을 띄워 올리는

여름이 다 가도록 이가 빠진 나를 위해 축제를 열어 주고
축제가 끝날 무렵 돌아오는 길 불 꺼진 밤 골목을
외눈박이 늑대가 따라 주는

부에노스아이레스,
강물 위로 달이 다 차오르기 전

차오르는 그들의 욕정을 억누르며 거리를 나뒹구는
사내들의 슬리퍼 혹은 낡은 운동화
광장의 오벨리스크 절반까지 눈물에 잠기는

부에노스아이레스,
여름이 가도 가을이 오지 않는
여름이 가도 겨울이 오지 않는
달력을 만드는 인쇄소가 없는
부에노스아이레스

●울지 말아요, 아르헨티나(Don't cry for me Argentina): 뮤지컬 「에
비타」중.
●부에노스아이레스(Buenos Aires): 스페인어로 '좋은 공기'라는 뜻.

새가 날았다

새가 날았다
새의 몸이 땅에서 분리되어 하늘로 옮겨 가는 순간이다
새의 부리를 기다렸던 땅의 꽃술들은 말라 간다
새가 관통한 낮은 구름도 순간 습기를 빼앗겼다
오랜 가뭄이 찾아올 것이다
붉은 셔츠의 정원사는 고개를 흔들었다
새가 다시 내려앉을 곳이 이 땅인지
자신의 어깨 위인지 확신하지 못했다
새의 이름은 묻지 않기로 한다
지나간 시간에 창살을 드리우지 않는 법이니까
정원사의 가윗날이 점점 무디어졌다
정원사의 어깨 위로 비단구렁이가 기어간다
정원사는 앞으로 땅에 기는 모든 것을 경멸할 것이다
지난 많은 시간들에게 식성과 욕망이 사육되었고
침을 흘리며 쉽게 천박한 웃음을 지었다
새를 동경하는 사람들은 천박하게 웃지 않는다
그것이 그들의 철칙이다
그러나 모두 몸 밖의 경계를 벗어나기를 두려워한다
그것이 천박함이라 말하지 않는 것 역시
그들의 철칙이다

새가 날았을 때 그들은 예감한 것이다
경박스러운 그들의 몸이 언젠가는 둘로 나뉜다는 것을
그리고 곧 굳은 심장이 물과 피로 나뉜다는 것을
땅을 기고 있는 그들의 육체가 쓸쓸하다

리에종
—불어 연습

　사방이 막힌 방 안에 홀로 앉은
두 귀가 없는 소녀가 더듬더듬 오보에를 꺼낸다
소녀는 익숙하게 A 음을 길게 뿜어낸다

　오보에 소리가 새어 나가지 못하고 방 안을 가득 맴돌
때
　소녀가 앉아 있는 왼편 벽면에 격자무늬 창 하나가 만
들어지고

　소녀가 앉아 있는 맞은편 벽면에 소녀의 키만 한 문이
만들어지고

　소녀가 앉아 있는 오른편 벽면에서 그랜드피아노 한 대
가 튀어나와 뚜껑이 열리고

　소녀가 앉아 있는 뒤편에서는 주인 잃은 각각 다른 크
기의 그림자들이 일제히 일어섰다 앉기를 반복하고 있다

　소녀가 뿜어내는 A 음의 오보에 소리가 소녀의 가슴에
도 창을 달아 주고

문을 달아 주고, 두 귀를 달아 준다

그곳으로 들락거리는 각각 다른 크기의 그림자들에게
꽃을 달아 준다

방의 천장이 열리면 우주 공간의 떠돌이별들도 제자리
를 찾을 것이다

●리에종(Liaison): 프랑스어에서 소리 나지 않던 단어의 끝 자음이 모
음과 이어질 때 끝 자음의 소리가 살아나 모음과 이어서 발음되는 연
음 현상.

내 첫발에 무궁한 행운이
―밤눈

첫발을 디디며 나는
나를 위해 노래 불러 준 웬다를 생각한다
첫발은 그녀를 위해 내딛기로 한다
그녀의 목소리는 하프와 잘 어울렸다
그러나 그녀는 가끔 헤픈 목소리로 사랑을 구걸했다
성대에 결절이 생길 때까지 그녀가 닮고 싶었던 것은
하프,
인간이 악기를 닮아 갈 때 얼마나 고통스러운지
나는 안다
나는 바이올린 소리를 닮기 위해 소리 지르다 득음한
가수를 안다
그 가수의 고통을 안다
누구나 한 가지씩 닮아 가는 것들,
그것이 악기가 아니라 해도
고통은 닮아 가는 모든 것의 양상이다

첫발을 디디며 나는
내가 다시 무엇을 닮아 갈지 생각한다
그것이 악기가 아닐지라도
무생물이면 좋겠다

이 첫발을 그 무생물을 위해 내딛기로 한다
모든 살아 있는 것은 쉽게 마음을 열지 않는다
이십 년 전 첫사랑의 살아 있는 어떤 것도 그랬다
이십 년 전 마음을 연 것은 고향으로 가는 마지막 버스,
버스 안에서 나는 무생물이 되면 좋겠다는 생각을 했다
그래, 이 첫발은 그때 그 버스를 기억하여 내딛기로 한다
나는 지금 집 현관 앞에 무생물로 서 있다
이십 년 전 그 바람이 지금 이루어졌다

첫발을 디디며 나는
내가 앓고 있는 질병에 관해 걱정한다
그래, 이 첫발은 그 질병을 위해 내딛기로 한다
질병의 대물림과 양상에 관한 통계를
조목조목 설명해 주는 의사 앞에 앉아 생각했다
그것은 결국 죽음의 양상에 관한 통계라는 것을
이 통계의 영속성을 보존해 주는 것은
죽음 앞에 더 비굴해지는 인간의 의지박약이라는 것을
세상의 절반은 태어나는 것에 관한 이야기였고
절반은 사라져 가는 것에 관한 이야기였다
결국 한 인간의 의지박약이 이 절반의 이야기를 만들어

간다

  첫발을 디디며 나는
  다시 이 현관 앞으로 돌아오는 걱정을 한다
  어느 날 내가 절반만 사라진 채 돌아와
  현관 앞에 버려진 낡은 하프의 부드러운 곡선 부위를
쓰다듬으며
  나머지 절반을 그리워하는 모습
  그래, 이 첫발을 돌아오지 않을 나의 절반을 위해 내딛
기로 한다
  나는 하반신이 사라진 테케테케처럼
  내 의지박약에 유린당한 채 돌아와
  철로 위에 누워 나의 절반의 이야기를 완성할 것이다
  겨울의 긴 통로를 관통하며 무생물처럼 굳어 버린
  내 절반의 이야기를

스물두 마리의 코끼리들과 풀을 뜯다

집을 나서네
맨발로 나서네
사실은 신발 신는 법을 잊은 지 오래됐네
집을 나서자 앞마당에 펼쳐지는 세렝게티 초원
나는 풀을 뜯는 스무 마리의 코끼리들과 같이 풀을 뜯네
코끼리들은 코로 서로의 꼬리를 붙잡고 지구 한 바퀴
를 돌았네
지구의 자전축을 더 기울여 놓은 후 돌아와
여유롭게 풀을 뜯고 있네
여전히 지구는 돌지만 햇빛은 좀 더 비스듬히 코끼리
등에 기대네
온난화로 몇 개의 섬은 곧 사라질 것이네
빙하 속에는 코끼리의 조상들이 여러 마리 묻혀 있네
코끼리들의 성지인 빙하
일 년에 한 번씩 코끼리들은 먼 빙하의 바다로 순례를
떠나네

채식주의인 코끼리들에게 먹이로 줄 꽃을 사기 위해
꽃집에 들렀네
꽃집 안엔 온통 잎사귀 마른 죽은 나무 화분만 가득했네

주인 여자의 깊은 다크서클 아래로 꽃들은 숨어 버렸네
더 이상 이곳은 꽃집이 아니네
사실은 그전에 이미 그녀는 꽃집 주인이 아니었네
곧 새 주인이 오면 이 꽃집 안에도 초원이 생기고 코끼
리들이 돌아오겠지만
지금 어디서 코끼리들의 먹이를 구해야 하나?
이제는 사람들이 먹이를 찾아 이곳을 떠나야 한다네
맨발로 가야 하네
신발 신는 법을 잊은 지 오래됐네

돌아오는 골목에서 길 건너편 쓰러지는 집 앞 늙은 부
부를 만났네
그들은 점점 코끼리의 모습으로 변해 가고 있었네
그들도 곧 먼 빙하로 떠날 준비를 하네
그들은 사랑했던 신발을 태워 버리고 어린애 같은 맨발
의 하얀 살을 만지며
울었네
아직 먼 곳으로 떠날 준비가 되지 않은 것이네
그들의 발에 굳은살이 박일 때까지 그들은 꽃으로 끼니
를 때워야 하네

그들의 쓰러지는 집에 피어나는 몇 송이의 꽃
늙은 부부의 눈가에 역시 깊은 다크서클이 있었지만
그들은 꽃집 주인이 될 수 있었네
나는 그 집 안에 차마 맨발로 들어갈 수 없었네
그러나 나는 이미 신발 신는 법을 잊은 지 오래됐네
우리 집 앞 코끼리들은 코로 서로의 꼬리를 붙잡고 길
건너
늙은 부부의 집으로 이동하기 시작하네
늙은 부부는 벌써 코끼리가 되어 있었네

거기서 나는 풀을 뜯는 스물두 마리의 코끼리들과 같이
풀을 뜯네

창고 안을 지키는 먼지고양이

십 년 만에
버려진 것들을 모아 둔 창고 문을 처음으로 열었습니다
순간, 고양이 한 마리가 책상 모서리 위로 뛰어오릅니다
고양이의 몸은 투명하여 쓸쓸한 창고 맞은편 배경을 비
추고 있고
내 불투명한 각막에 비친 투명한 고양이의 눈동자에 금
이 가 있습니다
십 년 동안 굶주림으로 맞이했던 나의 아침은 금이 가
있었고
나의 점심도 금이 가 있었으며
나의 저녁도 금이 가 있었습니다
아니, 어쩌면 내 눈동자에도 금이 갔는지도 모릅니다
눈동자에 금이 간 고양이가 금이 간 나의 눈동자를 핥
아 줍니다
굶주림이 또 하나의 굶주림을 핥는 것입니다
눈동자 속에 갇힌 고요가 또 하나의 갇힌 고요를 핥는
것입니다
나는 가만히 창고 바닥에 얼굴을 대어 봅니다
보이지 않던 슬픔이 보푸라기로 일어납니다
슬픔도 오래 간직할수록 투명해져서 내 몸 어딘가에 붙

어 있다

　가끔 오래된 늙은 애인을 불러내어 키스했습니다

　어둠 속에서 어두운 마음은 그냥 투명한 것입니다

　어둠 속에서는 먼지마저 투명해지지만

　지금 내게 투명한 것이라고는 찾아볼 수가 없습니다

　그래서 창고 밖에서 나는 이 창고 안을 그리워했는지도
모릅니다

　분명 이 창고 문을 잠글 때 고양이는 없었습니다

　십 년 동안 버려진 것들을 지켜 주던 먼지들이 점점 자라

　한 마리 고양이가 되었던 것입니다

　그러나 지금은 그때의 내가

　제자리에 없습니다

　내가 없는 동안 공기와 어둠과 정적이 이 창고 안을 지
배하며

　제자리에서 소멸해 가는 모든 것들을 움직이고 자라게
하고

　또 투명하게 만들었습니다

　시간이 지나도 공기와 어둠과 정적은 금이 가지 않으
므로

　내가 우두커니 이 창고 안을 지키다 보면

나도 바닥을 덮은 먼지가 되어 점점 투명해져
언젠가 한 마리의 고양이로 자라나겠지요

나는 수요일을 기른다

아침마다 수요일의 몸통에서 돋아나는 칼날
그 예리함에 베인 수요일의 높은 옥타브 비명 소리가
공중으로 꼬리를 흔들고
나는 조카의 그림책에서 마주친 수요일을
길거리에 발정 나 돌아다니는 수요일을
내 몸을 핥으며 결국 내게로 기어 오는 수요일을
거부하지 못한다
나의 몸통이 점점 수요일을 닮아 갔으므로
나는 수요일을 기른다
나의 몸통에 새로 돋은 칼날을 부러뜨려 땅에 꽂는다
땅속으로 스며드는 서늘한 칼날의 기운이
땅 위 나무들을 키우고 꽃들을 키우고
나를 키우고 봉분을 키우고
쓰러지는 허수아비의 척추를 키운다
수요일이 지나간 자리마다 흥건한 분뇨의 흔적
지난밤 처절했을 배설을 생각하며
나는 부르튼 수요일의 아가리를 벌려 혀를 잡아챈다
이게 내가 살고 너도 사는 유일한 방식이야
동공이 커지고 숨소리가 거칠어진다
수요일을 쓰다듬다 베인 손가락이 떨어져 파닥거린다

진정 내가 살고 너도 사는 방식에 유일한 것이 있을까
하루하루 의문을 품으며 나는
수요일의 아가리 속으로 몸통을 숨긴다
수요일이 물어 준 내 손가락을 움켜쥔 채

마고에게

―사막으로부터 몇 년 후

편지지가 없어 내 손바닥을 잘라 보냅니다. 펼치시거든 손금 사이를 흐르는 모래 강물을 마시지 마세요.

여기서는 누구나 죽음을 넘나든 슬픔 한 가지씩 애완으로 기르고 있으니 슬픔의 분변을 휩쓸고 지나간 모래의 입자가 당신을 더럽힐지도 몰라요. SF영화에서처럼 한번 불빛이 번쩍이면 필요 없는 과거만 골라 소멸시키듯 밤사이 이곳에 부는 모래 폭풍은 우리가 몸을 섞을 때마다 새로운 모래언덕을 만들며 반투명 유리처럼 적당히 우리의 남루한 기억을 가려 주어요.

오아시스? 찾을 수 있을지? 여기서는 하루에도 수십 번 내가 낙타가 되고, 낙타를 먹어 치우는 사막여우가 되고, 사막여우를 물어 죽이는 전갈이 되고, 그 전갈을 밟고 지나가는 다시 낙타가 되고, 그 낙타의 무릎을 걷어차는, 나는 다시 내가 되어요. 오아시스? 공중누각. 잃어버린 두 눈을 묻어 버린 무덤. 나의 온몸이 모래가 되어 사라지는 날 그때 오아시스? 찾을 수 있을지?

여기서는 영혼이란 목도리도마뱀과 이음동의어예요. 뜨

거운 모래 위를 발이 델까 두 발을 잽싸게 디디며 뛰어가는 뒷모습. 위태하게 헤매는 영혼은 한곳에 제대로 발 디디지 못한 채 무너져 내리고 말아요. 내가 발을 묻고 서 있을 한 곳. 그곳이 바로 오아시스. 찾을 수 있을지?

편지지가 없어 내 손바닥을 잘라 보냅니다. 펼치시거든 야자수 그늘 아래 잠들어 동봉한 내 두 발을 깨워 주시길.

●SF영화에서처럼 한번 불빛이 번쩍이면 필요 없는 과거만 골라 소멸시키 듯: 「맨 인 블랙」.

핀란드 달력

나의 핀란드 달력 속에는 열두 번의 겨울이 숨어 있다

라플란드로 향하는 야간열차
차창 쪽을 바라보며 일렬로 세워 둔
열두 개 목각 인형들의 목을 흔들며 지나가는 밤
이 땅에서 흔들리지 않는 것은 오직
차창 밖 순록 사냥꾼들의 뻣뻣한 목

따뜻한 순록의 피가 얼음점에 다다르기 전
간절기 어느 밤
순록들의 뿔을 자르는 소리
또 다른 겨울을 부르는 소리
순록 사냥꾼들은 그때 한 번, 일 년에 열두 번
뻣뻣한 자신의 목을 숙인다

라플란드로 향하는 야간열차
간절기 차창 밖으로 피어오르는 오로라
나의 뻣뻣한 목을 목각 인형처럼 흔들며
간절기마다 사라지는 순록들의 뿔을 생각한다

오직 극과 극의 경계에서만 볼 수 있는
계절의 경계에서 피어오르는 오로라
나와 순록 사냥꾼들 사이의 경계에
과연 오로라는 있을까?

일 년에 열두 번
뿔이 잘린 순록들의 피로 물든 오로라
그래서 따뜻한 피의 순환이 이어지는
핀란드 달력 속에는 일 년 열두 달
따뜻하게 순환하는 열두 번의 겨울이 숨어 있다

라플란드로 향하는 야간열차에서 맞이하는
극야는 짐승의 뿔을 흠모하지 않는 땅에 내려진
가혹한 형벌이다

제2부

왼 섬

왼쪽 어깨가 결린다. 나는 선천적 오른손잡이. 왼손은 거들 뿐. 나는 오른손이 하는 일을 왼손이 모르게는 개뿔, 대놓고 왼손이 알도록 왼손을 철저히 고립시켰지. 나는 오른손으로 항문을 닦았지. 오른손으로 젖가슴을 만졌지. 오른손으로 왼쪽 동맥을 끊으려 했지. 오른손으로 쥐를 잡아 죽이고, 죽인 쥐를 들고 흔들어 보였지. 나는 나의 불결함도 나의 은밀함도 나의 잔인함도 나의 굶주림도 모두 오른손으로 해결했지. 그런데 왜 자꾸 왼쪽 어깨가 결리는 것일까? 왼손을 펼쳐 보니 내 왼 손바닥에 솟아오른 섬 하나. 오른손에 대한 집착이 그동안 왼손에 섬 하나를 만들고 있었지. 점점 늘어나는 이 섬의 무게를 오롯이 왼손이 감당하고 있었고 나는 왼손을 숨기고 다녀야 했지.

왼손을 잠식했으나 왼손이 잠식당하지 않은 그것 그대로의 섬. 왼손에 잠식당하지 않았으나 왼손이 잠식한 그것 그대로의 그것만의 섬.

나는 선천적 오른손잡이. 사실 선천적이라는 말은 불안정한 각자의 내재율을 감출 수 있는 참 편리한 말이지. 결국 왼쪽 어깨가 섬의 무게를 견디기 힘들어 왼 손바닥 위의 섬을 오른손으로 옮겨 놓았지. 왼쪽 어깨가 한결 가벼워지자 나의 지속된 불공평함을 깨달은 나는 그렇게 또 오른손으로 하나의 헤게모니를 해결하게 되었지. 섬의 빈자리가 휑하니 남은 왼손을 지켜보며 다시 생각하지. 어느 날 나도 이 지구 위 어느 한자리에 고립되어 불현듯 솟아올라 그래서 이쪽에서 저쪽으로 옮겨져 사라지고 있는 소재 불명의 한 섬이 아니었는지, 섬의 정체성은 고립에서부터 시작되어 섬의 입구를 섬의 출구로 함께 쓰듯 나도 한 입구로 들어가 같은 출구로 나오는 존재라는 것을 깨달으면서 완성되는 것이지. 섬의 입구에서 서성거리는 뒷모습은 그래서 결연함이 묻어나지. 섬의 입구는 섬의 출구로 통하기 때문이지.

●왼손은 거들 뿐: 만화「슬램덩크」중.

스트랜딩
—4.16.

검은빛 고래의 등은 아직 바다를 그리워하며 바다 쪽으
로 굽어 있지만
고래가 돌아누워 바라보는 뭍은 바다를 밀어내고 있다

그들 역시 바닷속에서는 그렁그렁한 눈으로 뭍을 그리
워했을 것이다
그러나 그들이 죽음을 생각하고 웅크려 지내던 바다는
멀리멀리 뭍을 밀어내고 있었을 것이다

마지막 할 말이 있는 듯 입을 벌린 고래를
바다로 밀어내는 사람들
고래가 아닌 바다를 밀어내는 사람들
귀를 잘라 묻어 버린 뭍은
더 이상 바다의 비밀을 들어줄 귀가 없다

바닷속은 끔찍했고 고래는 오래 잠들 수 없었다
살기 위해 수시로 수면 위로 떠올라 고래는 숨을 토해
냈지만
견딜 수 없이 우울한 음역대의 음파로 변환된 아이들의
울음소리가

결국 고래들을 이 뭍으로 밀어낸 것이다

마지막 약속을 지키듯 뭍으로 나온 고래의 배 속
숨은 요나의 침묵을 뱉어 내듯 마지막 한숨을 내뱉으러
나온 저 고래들
포유류의 생존 본능을 거스르며 뭍을 선택해야 했던
고래의 뼈아팠던 결심을 외면한 채 사람들은
다시 고래를 밀어내고 있다
아니, 저 바다를 밀어내며 중얼거린다

돌아가, 괜찮아, 바다가 널 지켜 줄 거야

골판지 상자 속 동네 1
―1987

내가 살던 동네는 누런 골판지로 만들어진 거대한 상자 속에 들어 있었다

상자 속에서 나는 자전거를 잘 탔고 땅도 잘 팠다

가끔 상자의 뚜껑이 열린 것처럼 동네가 밝아지면 그 제야

겨우 햇볕을 제대로 쬘 수 있었고 아이들도 어른들도

봄날 병아리 떼처럼 시린 눈을 비비며 밝은 곳으로 모 여들어 굶주림을 채워 갔다

동네로 불어오는 바람은 늘 더운 열기를 뿜었고 쇳가 루를 날리며

친구들과 나는 분유보다 더 많은 양의 쇳가루를 소화 해 갔다

점점 우리의 심장은 금속성을 띠어 갔고 웬만한 일에는 쉽게 동요하지 않았다

어른들은 어서 이 골판지 상자를 불살라 버려야 아이들 이 산다고 말을 했지만

아무도 죽을 각오 없이는 쉽게 그 일을 실행에 옮기지 못했다

햇볕을 그리워한 친구들이 어느 날 마을 뒷산에 모여 동네를 가두고 있는

골판지 상자에 불을 붙여 태워 버리려 했으나

그들도 마찬가지였다 죽을 각오는 아직 되어 있지 않았다

내가 살던 동네 뒤에는 나지막한 야산이 있었고

한 노인이 목매달아 죽었다는 나무가 살아 움직이는 것 같아

한동안 친구들과 나는 먼발치서 야산을 바라보기만 했었다

우리는 더 많은 양의 쇳가루를 먹어야 했으며 심장을 더 단련시키고서야 그 야산에 오를 수 있었다

다시는 햇빛을 볼 수 없는 이들의 무덤들이 수포처럼 여기저기 솟아올라 있었다

우리는 그 무덤 주변에 땅을 팠고

나는 내 자전거를 묻었고, 한 친구는 신던 신발을 묻었고,

여동생은 입던 치마를 가져와 땅속에 묻었다

한 친구가 바닥에 버려진 지 오래된 죽은 고양이도 함께 묻자고 했지만

모두들 죽은 것에 손대는 것을 싫어했다

우리는 이 일을 각자 비밀로 간직하기로 하고 흩어졌다

다음 날, 드디어 누군가가 골판지 상자에 불을 붙였다
는 소식이 들려왔다

검은 연기가 몰려왔다 동네는 까맣게 어두워 갔다

여동생과 나는 그제야 나무젓가락을 분질러 작은 십자
가를 쉽게 만들 수 있었다

우리는 친구들과 비밀을 묻은 자리 근처에 다시 땅을
팠고

우리가 키우다 오래전 죽은 병아리를 흰 헝겊으로 싸
묻어 주었다

나무젓가락으로 만든 십자가도 세워 주었다

여동생은 오빠가 죽인 것이라 말했다

나는 비로소 골판지같이 가슴을 접었다

골판지 상자 속 동네 2

젖을 빠는 아이들의 발이 구름 모양이 되었다
어미들의 임무는 여기까지였다
아이들은 곧 일어나 걸었고 한 발 한 발 내디딜 때마다
아이들의 삼등신 육체가 땅 위를 떠다녔다
아이들의 걷는 모습은 불특정의 구름 모양을 닮아 있
었다
황사 바람이 불어닥치자 아이들의 발은 점점 기형이 되
어 갔다
아이들의 심장 속에서도 거센 모래바람이 일었다
그러자 그들은 한번 쓰러지더니 일어서질 못했다
어미들의 젖은 말라 갔고 어미들의 허리가 휘청거렸다
어미들의 젖이 말라야 죽음에 면역력을 더욱 높일 수
있으므로
어미들은 침묵할 수 있었다
젖내를 맡던 개들의 울음소리가 동네를 뒤덮는 저녁
아이들의 울음소리가 하나둘 사라져 갔다
집으로 돌아온 아이들은 아비들이 키운 화분에 꽂힌 채
시들어 갔다
가끔 방문을 여는 아비들은 화분에 토악질할 뿐이었다
그러면 아비들은 개가 되어 동네를 떠돌아다녔다

아비들의 분비물에서 역한 젖내가 났다

어미들은 침묵할 뿐이었다

어미들의 임무는 아이들을 화분에서 뽑아내는 것으로 변질됐다

집집마다 아이들의 두 발은 힘없이 잘려 나갔다

어미들의 울음소리가 동네를 뒤덮는 저녁이었다

골판지 상자 속 동네 3
―불문율의 도시

—

　자정이 지나자
　주물공장 주위를 배회하던 들고양이들은
　스스로 발톱을 물어뜯으며 울기 시작했다
　밤새 아버지의 심장이 쇳물이 되어 녹아내렸으며
　담쟁이덩굴처럼 얽힌 아버지의 막힌 혈관 끝마다 검은
꽃이 피었다
　아무도 이유를 알려고 하지 않았다
　꺾을 수도 키울 수도 없는 그 꽃을
　담요로 덮어 버리는 어머니의 손끝은 이방의 낯선 바
람을 감지했다
　야근하던 누이들이 하혈을 시작했다
　아무도 그 이유를 알려고 하지 않았다
　이 침묵은 도시를 뒤덮고 있는 거대한 스모그
　불편함이 소리의 자물쇠를 잠근 하나의 불문율이었다
　누이들의 신음 소리가 옷장 속 나프탈렌을 삼켰고
　나프탈렌 냄새를 맡을 때마다 누이들이 보고 싶었다
　밤마다 누이들의 가느다란 실핏줄 속을 흐르는
　수액이 역류하는 소리를 들으며
　어머니는 찬 방에서 옷고름을 풀었다
　어머니에게 최후의 신앙은 누이들이었다

—

스모그처럼 가려진 어머니의 각막을 주워 든 나는

배교도의 심정으로 어머니의 두 눈을 조용히 쓸어내
린다

이제 나는 지난밤의 들고양이들처럼 자정이 되면

발톱을 물어뜯으며 울 것이다 그러나

아무도 그 이유를 알려고 하지 않을 것이다

도시의 이 불문율은

아이들의 심장을 길들이고 있었다

뒷모습이 없는, 앞모습을 보여 주지 않는

빈 욕조 옆 절반이 흘러내린 모래시계를 다시 뒤집어엎는다. 순간 나의 낡은 집 모든 창문들이 일제히 흔들리다 떨어진다. 나는 때로 모질다. 나의 낡은 집도 때로 나에게 모질었다. 나는 떨어진 창문처럼 그렇게 방치되어 기나긴 겨울을 몇 번 맞이하였으며 그런 치욕은 내가 아궁이 속 불쏘시개로 태워질 때까지 오래된 벽지처럼 떨어질 듯 말 듯 내 슬프고 가냘픈 다리에 기생하고 있었다.

네 다리가 튼튼한 얼룩말들이여. 나의 낡은 집으로 뛰어오던 얼룩말들이 떨어진 창문 앞에 일제히 멈춰 섰다. 얼룩말들은 들어가야 할 창문을 찾지 못해 콧구멍만 벌렁거리고 있다. 갈 곳을 모르는 얼룩말들은 의외로 태연하다. 침착하다. 나는 늘 의외의 부재 앞에 창문을 닫고 돌아눕는 데 급급하지 않았던가. 얼룩말들은 온몸에 창살을 달고 달린다. 얼룩말들은 창살로 스며드는 무늬 없는 밤공기를 사랑했으며 그 공기에 갈기를 맡기며 달리는 것을 사랑했으며 불 꺼진 창문 속에 혼자 우는 추억을 사랑했다.

빈 욕조의 마개를 열자 배수구에 역류하여 들어온 어둠이 흘린 비릿한 핏물. 배수구는 이 낡은 집의 배꼽이다. 나는 아직 배꼽 아래의 일은 생각해 본 적이 없다. 나의 낡은 집에는 이제 창문이 없다. 그렇다고 너를 볼 수 없는 것도 아니다. 나는 끊어진 필라멘트처럼 허리를 굽히고 뒷모습이 없는, 앞모습을 보여 주지 않는 너를 기다리며 밤을 지새운다. 다시 뒤집어엎은 모래시계처럼 나는 아래로만 흘러내린다. 밤의 배꼽 속으로 얼룩말들이 달려간다.

벽장 속 하모니카

빗방울 무늬의 벽장문을 연다
벽장 속에서 눈 없는 말이 튀어나와 내게 묻는다
너 하모니카 불 줄 아니?
눈 없는 말이 나를 벽장 속 몽돌 해변으로 데려간다
이 몽돌들을 먹고 눈동자가 생길 수 있었으면
그런데 너 하모니카 불 줄 아니?
하모니카를 불기에는 내 날숨이 서투르다
벽장 속 해변의 바람은 바다에서 육지 쪽으로만 불고
있다
해변도 날숨이 서툰 것이다
나의 눈두덩으로 들어와 박히는 유리 조각
나의 날숨과 해변의 날숨이 부딪쳐 유리 조각으로 깨
진 것이다
나는 빛나는 눈동자를 가지고 눈 없는 말을 타고 몽돌
해변을 달린다
그런데 너 하모니카 불 줄 아니?
벽장 속에선 자신을 이끌어 줄 오직 한 가지의 소리만
들어야 한다
소리는 바람의 굴절이므로 심심찮게 자신의 발목을 꺾
는다

눈 없는 말은 하모니카 소리를 원했다

날숨이 서툰 이 벽장 속에서 나는 눈 없는 말의 눈동자를 대신할 수 있을까?

하,

모,

니,

카,

살아 숨 쉬는 들숨 날숨의 호흡법은 각자의 하모니카를 불기 위한 것

벽장 밖 세상은 수많은 하모니카의 소리들로 가득하다는 것을

벽장 속 해변에 들어선 후 알게 되었다

각자의 호흡법대로 불리는 하모니카

지구의 자전 소리를 우리가 듣지 못하듯

우리 또한 서로의 하모니카 소리들을 놓치고 있는 것이다

우리의 눈이 사라지게 되면 비로소 그 소리들 들을 수 있을까?

벽장 속 눈 없는 말처럼

벽장 밖으로 나와 네게 묻는다
그런데 너 하모니카 불 줄 아니?

나에게 배달된 그녀의 거대한 가방이

그녀가 한밤중 수도꼭지를 열자
그녀의 허기진 과거가 흘러내린다
벌컥 들이마셔도 바닥에 온몸으로 드러눕는 공복감
배관을 잠식해 가던 지난 시간들을 축적해 놓은 녹들이
점점 부풀어 오르는 그녀의 배 속에 쌓여 간다
그녀의 온몸에 빨간 열꽃이 핀다

이제 그녀는 어항 속을 뛰쳐나온 금붕어처럼
아가리를 뻐끔거린다 그러면 그녀는 수도꼭지를 잠그고
거대한 루이뷔통 가방 속에 들어간다
그녀가 실수로 한 칸씩 비켜 채워 놓은 가방의 지퍼 틈
거대한 가방 속으로 탯줄이 내려진다
낯섦 속의 익숙함
그녀가 탯줄 하나에 연명하여 숨을 쉬며
거대한 가방 속에서 잉태한 생각이다
과연 그녀가 낯선 것은 가방 속일까? 가방 밖일까?
이 거대한 가방이 그녀의 과거를 담고 있다는 생각
그래서 이렇게 거대한 가방이 필요했구나
나는 과연 그녀에게 낯섦일까? 익숙함일까?

어두운 가방 속에서 그녀가 라이터를 켠다
순간 그녀가 키우다 죽인 유기견들의 발자국이
그녀의 등을 밟고 지나간다
싫증처럼 달콤한 환각은 없다
그녀의 심장은 점점 마시멜로처럼 말랑말랑해져
초승달을 닮아 간다
죽은 유기견들은 과연 그녀의 싫증이 죽인 것일까?
그녀의 심장이 죽인 것일까?
나는 과연 그녀에게 한 마리의 유기견일까?
입속을 맴도는 달콤한 마시멜로일까?

지금 그녀의 거대한 가방 속을 뒤진다
왠지 그녀의 차가운 손이 잡힐 것 같다

문득,

문득, 문득이라고 중얼거리자 머릿속에 떠올렸던
몇 개의 문이 생겼다

하나의 문,
사람들마다 꼿꼿이 세운 어깨뼈 위에 서로의 가슴쇠를
겨누며
지나가는 저녁의 거리 한가운데 문 하나,
그 문 주위, 안과 밖을 구분 못 해 어지러운 발자국에
각각 잃어버린 신발을 찾아 신겨 주자
사람들 각자의 방향 따라 어깨 돌려 문턱 앞에 슬며시
자신의 무릎을 들어 올린다
그때 각자 가슴속에 불규칙적으로 엉겨 있는 불확신의
침전물들이
수직으로 무릎까지 타고 내려와
잠시 무릎 연골을 거치며 한 번 걸러진 후
다시 문턱을 넘어 가볍게 무릎을 내리게 된다
문득, 사람과 사람 사이 무릎의 무게를 가볍게 만들어
주는
문 하나

또 하나의 문,

당신과 나는 너무 어렸다 어린 것이 죄가 되었던 시절

우리의 겉옷은 누추하고 좀먹었으나 결코 벗지 않았다

벽에 박힌 못은 녹슬어 우리의 겉옷을 지탱해야 할 지

구의 중력으로부터

이미 자유롭지 못했으므로 벗어 놓을 수가 없었다

우리는 그 못을 우리의 분신처럼 가여워했으나

때로 그 못으로 하루의 끼니를 때워야 했고

그렇게 저어하게 흐르던 시간의 유속에 방치된

우리의 녹슨 영혼들은 속절없이 한 시절의 배수구로 방

류되고 있었다

소용돌이 속으로 빨려드는 영혼들이 울컥 뱉어 내는 녹

슨 못들

문득, 그때 문 하나만 있었다면,

사라지는 영혼들을 붙들 수 있었을 시간과 시간 사이

문 하나

또 하나의 문,

큰일이다 옷장 문을 다 열 수 없다

옷장 문을 열면 내장이 쏟아지듯 나의 허물들이 쏟아

졌다

　그러면 냄새를 맡은 맹수들의 울음소리가 옷장 안에서
들렸다

　이를테면 벌거벗은 채 저녁을 맞이하는 사바나에서의
경건함

　얼른 옷장 문을 닫는다

　라흐마니노프 3악장을 듣는다

　비극적 아름다움, 내가 내린 결론

　라흐마니노프의 낡은 옷장 문을 열면 빈 옷걸이들

　그의 허물들은 옷장 속을 빠져나가 음표에 입혀졌다

　옷장 속 빈 옷걸이들도 음률을 입은 채 정렬되어 있다

　옷장 속에서 피아노 소리가 들릴 때까지

　나의 옷장 문을 다시 열 수 없다

　나의 옷걸이들이 음률에 일정하게 들썩일 때까지

　나를 의지하게 하는 문 하나

　문득, 소리와 소리를 막아 주고 이어 주는

　문 하나

　문득, 문득이라 중얼거리자 머릿속에 떠올렸던

　몇 개의 문이 생겼다

불온한 독서

　오래된 책 속에서
　늙은 여자의 목소리가 빠져나왔다
　이미 빠져나간 목소리는 또 다른 목소리를 오버랩한다
　늙은 여자의 자궁에서 빠져나간 아이들의 목소리가
　밤새 웅웅거리며 문고리를 흔들다 어디론가 사라졌다
　목소리를 잃고부터 늙은 여자의 손톱은 안으로 휘어
　늙은 여자의 내부를 파고들었으며
　옆구리를 긁을수록 늙은 여자의 몸속에 나이테가 늘
어났다
　때로 우리의 몸 밖에서 우리를 기다리는 죽음
　몸 안에 머뭇거리는 것은 다 사라지는 세상
　늙은 여자의 오래된 잠자리가 정돈되지 않은 것은
　빠져나간 목소리가 제자리를 찾지 못할까 봐
　내버려 둔 배려, 일종의 종교의식이다
　배려는 때로 안으로 휜 내성 손톱처럼 우리를 공격하
지만
　우리가 굶주릴 때 우리를 구원하는 양식이 되기도 한다

　늙은 여자의 목소리는 비탈진 언덕을 넘고
　활엽수림을 지나 사막의 모래를 밟으며

70

천천히 바람의 길을 읽다가
아이들의 목소리를 오버랩하며 바다 위에 멈춘다
거기서 늙은 여자의 자궁에서 빠져나갔던
아이들의 목소리를 만난다
아이들의 목소리는 바다의 내성 손톱
아이들의 목소리가 바닷속으로 잠길 때
바다 가운데 거대한 나이테가 생겼고
뱃사람들의 종교의식처럼
뒤따라온 늙은 여자의 목소리는 뱃머리에 물방울로 부
딪친다
늙은 여자의 자궁은 바닷속처럼 깊어졌으며
웅웅웅 늙은 여자의 목소리는 깊어질 대로 깊어진
바다의 자궁 속으로 유폐되어 돌아오지 않았다

나는 오래된 책 속 늙은 여자의 잠자리를 가만 덮어 둔다

밤의 연주회

쓰러지지 말자

들어 봤어? 조율 풀린 피아노의 현이 우는 소리

그 팽팽한 장력으로 공기를 물고 버티는 소리에

피아노 위 어항 속에 담긴 물이 흔들린다

어항 속 물고기들이 일제히 튀어 오를 때

그 앞에서 너는 쓰러지는 것이 아직 수치임을 깨닫게 된다

너의 입은 지금 무엇을 물고 버티고 있어?

저녁에서 시작되어 아침으로 마치는 유대인의 하루 시간 계산법

이 도시의 밤은 또 무엇을 물고 버티다 쓰러질 것인지

들어 봤어? 한 사내가 한밤을 물고 버티는 소리

눈을 감지 않고서는 감지할 수 없는 소리의 파장

쓰러지지 않으려는 모든 것들의 다문 입이 미세하게 떨린다

들어 봤어? 이 도시에 아이들이 태어나지 않는 사연을

생각할 틈도 없이 점멸하는 신호등

숨 돌릴 틈도 없이 쓰러지는 가로수

붉은 벽돌로 지은 집들이 빗물에 씻길 때

그 앞에서 너는 쓰러지는 것이 아직 때가 아님을 깨닫

게 된다

　더 이상 쓰러지지 말자 다짐하자

　잃어버렸던 너의 악기를 도시의 밤이 되면 찾게 될 테니

　들어 봤어? 음습한 밤의 공기가 너의 몸을 탄현하는
소리

　불균형한 음들이 너의 몸을 핥고 쓰러지는 소리를

　너를 조율해 줄 누군가가 필요해 그때까지

　부디 쓰러지지 말자

　그리고 다음엔 좀 더 팽팽한 음으로

저녁 소풍

오늘 한차례 우박이 예보되자
갑자기 우박을 맞아 보고 싶었습니다
아침부터 오후까지 우박을 기다리다가
늦은 저녁이 돼서야 나는 소풍을 갑니다
오늘 우박은 내리지 않았습니다

김밥천국에서 김밥을 몇 줄 삽니다
나처럼 하루 종일 우박을 기다렸을
몇 명의 소녀들도 늦은 저녁에 김밥을 삽니다
이제 어머니들은 소풍 때 김밥을 싸 주지 않습니다
어머니들의 소풍은 이미 끝이 났으므로
김밥 싸는 법을 잊은 것입니다
이제 김밥천국이 문을 닫으면 우리들의 소풍도 끝날 위
기
그러나 오늘 우박은 내리지 않았습니다

공원 벤치에 앉아 나는 단단하게 조여드는 저녁의 허리
띠를 풉니다
저녁 공기의 부드러운 손바닥이 나를 쓰다듬어 주고
나는 내 옆에 날아든 부리가 빠진 늙은 새를 쓰다듬어

줍니다

　그러자 나도 서서히 한 마리 늙은 새가 됩니다

　이 늙은 새의 소풍은 나를 만나는 것인지도 모릅니다

　졸린 눈의 늙은 새가 발끝을 모읍니다

　그러자 발끝에 쌓이고 쌓이는 적막의 눈꺼풀

　아래에서 위로 천천히 덮이던 늙은 새의 눈꺼풀이 떨

립니다

　저녁의 소풍길은 돌아갈 곳이 없고

　나는 눈 한번 감았을 뿐인데 어둠이 익숙합니다

　내 옆에서 눈을 감지 않은 채 잠이 든 늙은 새에게

　소풍 나온 소녀들이 입을 모아 소리 지르는 것 같지만

　나는 그 소리가 들리지 않습니다

　바로 옆, 이 광경을 그리고 있던 화가 역시

　소리가 들리지 않는다며 갑자기 캔버스를 내동댕이칩

니다

　화가의 소풍은 캔버스 밖으로 뛰쳐나오는 것인지도 모

릅니다

　소녀들은 가방을 버리고 김밥 싸는 법을 잊은 어머니

들을 버리고

캔버스 안으로 뛰어들어 갑니다
소녀들의 소풍은 한 폭의 저녁 그림이 되는 것인지도
모릅니다

부리가 빠지고,
눈을 감지 않은 채 잠을 자고,
외치는 소리가 들리지 않는 나의 소풍은
언제 내릴지 모르는 우박을 기다리는 것인지도 모릅니
다
그러나 오늘 우박은 내리지 않았습니다

짝사랑

팔월이 오면 기차를 탈 거예요. 깜깜한 어두움을 꿰뚫는 밤 기차를 탈 거예요. 구 년 만이에요.

밤 기차를 타면 어두운 창밖 세상 속 나를 우두커니 만날 수 있어요.

목적지는 치즈 냄새 풍기는 달력 속 몽마르트르 언덕이에요, 공원 벤치 옆 커피 자판기 속 에스파냐 광장이에요, 기타 울림통 속 슬픈 트레몰로 알함브라 궁전이에요, 사실 목적지는 아무도 몰라요. 목적지를 모르고 기차에 오르는 것이 사랑이라 생각도 해 봤어요.

내가 뚫고 지나치는 저 어두움의 피는 과연 어떤 색일까요? 가끔 어두움의 바탕은 푸르지만 어두움의 피가 검기 때문에 어두움은 온통 검은 것이라 생각도 해 봤어요. 그러고 보면 어두움은 온통 상처투성이군요.

팔월이 오면 기차를 탈 거예요. 밤 기차를 탈 거예요. 사랑은 밤 기차를 타는 것이라 생각도 해 봤어요. 내 사랑도 일찍이 어두움이었나 봐요. 까막눈이 너는 바보, 까막눈이 너는 바보, 어두움은 나를 놀리며 자꾸 창밖에서 나만 보여 줘요.

　팔월이 오면 기차를 탈 거예요. 밤 기차를 탈 거예요.
철로 위에서 늘 평행선만 긋다가 날아간 내 사랑을 추모
할 거예요. 만나기도 전 사라져 가는 사랑의 아픔을 철로
만이 알 거예요. 내 가슴은 평행선에 걸려 어두움의 피에
물들고 있어요.

　팔월이 오면 기차를 탈 거예요. 밤 기차를 탈 거예요.
기차를 타지 못하면 내가 기차가 되겠어요. 어두움을 두
고 떠나 새벽을 맞이하러 나 가고 싶어요. 곧 밝은 날을 볼
수 있으리라 믿어요.

　팔월이 오면 기차를 탈 거예요. 밤 기차를 탈 거예요.
밤을 새우며 갈 거예요. 어두움의 피를 닦아 주고 싶어요.
구 년 만이에요.

낯선 그림자

몸집을 가리던 풍성했던 잎들은 사라지고 이제는 초라한 그늘 하나 남은 죽은 나무 한 그루, 바람이 뚫어 놓은 제 몸 구멍에다 광합성을 잃은 저승꽃을 쑤셔 넣고 마지막 순간까지 온몸으로 휘파람 불던 죽은 나무 한 그루, 그 뒤를 둘러보니 고개를 숙이고 웅크린 채 한 사나이가 그루터기처럼 앉아 있다.

죽은 나무의 잔가지들 끝마다 햇빛이 그림자를 걸어 얼키설키 그물을 엮어 땅 위에 쳐 놓은 죽은 나무 그늘의 함정에 그의 그림자가 걸려들었던 것이다. 서서히 그의 몸에 거미줄 같은 것이 층층이 감긴다. 그렇게 그늘의 올무에 묶인 채 그는, 내게 어서 이 죽은 그늘 아래를 피하라 하며 어디론가 사라진다.

그러나 그가 떠난 자리에 아직 그의 검은 그림자가 사지 멀쩡하게 남아 파르르 몸을 비비며 아지랑이처럼 흔들리고 있었다. 나는 보았다. 그늘 속에서 자신의 형상을 되찾기 위해 끊임없이 저항하고 있는 나약한 그림자들을, 그늘은 사실 그림자들의 침묵을 암묵적으로 지배하고 있었다는 것을. 나도 이 그늘이 편치 않다.

사나이가 두고 떠난 불안한 그림자를 내 그림자로 안아
준다. 그때 마냥 떨기만 하던 그 그림자의 처절함이 비로
소 멈춘다. 그리고 그림자는 극성을 지닌 듯 내 발아래로
달라붙어 또 다른 이름의 그림자가 된다. 내 분신이 된다.
누구의 그림자나 다 같은 형상, 같은 어둠의 속성으로 뜨
지만, 그가 잃어버린 그 그림자는 어딘가 모르게 내가 버
렸던 내 옛 그림자와 유난히 닮았다.

무화과꽃

교차로에 섰다는 것은 혹독한 2인칭 관찰자 시점 과거의 소실점에서 막 빠져나왔다는 것이지. 교차로에 서서 방향감각을 잃은 나는, 한 방향으로 기우는 달의 행보를 바라본다. 그런 달의 위성이 되고 싶었다. 달의 궤적에 내 몸의 기울기를 맞추기로 한다. 나는 일용할 양식이 필요했고 그들은 일정한 양식이 필요했다. 오늘도 몇 번의 면접을 보고 나와 기울어진 내 이력은 교차로 가로등에 매달려 저녁 불빛의 조사각을 더 기울어트렸다. 이제 익숙한 단념이 나의 일용할 양식이다. 길게 졸음이 정렬된 지하철에 몸을 담는다. 지하철 벽면에 즐비한 성형외과 광고를 보다가 익숙하게 기울어진 내 몸과 이력들이 바르게 세워지고 고쳐지는 꿈을 꾼다. 그러다 쪽잠에서 깨면 달의 위성인 나는 다시 기울어진 궤도의 자리에서 일어서야 했다.

지하철역 출구 과일 좌판에 내놓은 내 얼굴처럼 쪼그라든 무화과를 본다. 일용할 양식이 필요한 내 허기진 눈빛을 읽은 친절한 가게 주인이 무화과 하나를 반으로 쪼개며 호객 행위를 한다. 봐요! 이 분홍 작은 돌기들이 바로 꽃이에요. 무화과는 꽃이 피지 않는 과일이란 뜻이죠. 하지만 이 열매가 곧 꽃인 거죠. 우리는 내면을 보지 않고 꽃이 없다 말하는 오류를 범하죠. 누구나 내면에 꽃을 품은 채 기울어져 살아가는 열매들인데 말이죠. 봐요! 주름진 무화과 껍질 속 내면에 만발한 이 꽃, 당신의 꽃, 꽃들을. 나는 거리의 검은 비닐봉지 속에 담겨 궤도를 벗어나는 긴 꿈을 꾼다. 이제 무화과는 나의 위성들이다.

담벼락의 눈동자

지난밤에 나
시간을 헛디딘 내 연약한 무릎의 십자인대처럼
끊어져 너덜거리는 나의 겨울을
침을 뱉으며 발길질하며
담벼락 아래 버리고 왔네
담벼락은 내 귀를 막고 내 입가를 닦아 주었네
그때 처음 담벼락의 눈두덩을 발견했네

나의 입은 마른 우물로 깊어져 바람의 공명을 일으키고
입을 오므릴 때마다 담벼락에서 들리는 박동 소리
담벼락 안에 심장을 넣어 둔 채 수십 년을
나 잃어버린 직소 퍼즐의 한 조각처럼 흩어져 살았네
흩어질수록 더욱 뜨거워지는 심장이
담벼락 앞으로 나를 부르고 있었네
나의 팔은 담쟁이덩굴로 변해 담벼락의 어깨를 붙들고
다리는 감각을 잃어 주저앉고 말았네
이제 어깨 위의 부력으로 일어나는 법을 배워야 하네
내가 버린 겨울은 어떤 부력으로 일어날 수 있을지
지켜볼 수 있도록 내 눈동자를 담벼락에게 빌려주네

눈동자가 빠져 버린 나의 눈두덩 아래로
다시 겨울이 들어왔네

주머니 속의 말들이 나에게 말을 건다

하루 동안 삼킨 혼잣말을 소화하기 거북하다

늦은 밤 잠자리에 누우면
옷걸이에 걸어 둔 외투 안주머니 속에서 빠져나온 말들이
나에게 말을 건다

오늘 내가 만난 사람들에게 보냈던 말들이
사람들의 고막까지 닿지 못한 채
신경세포를 갈아타지 못한 거친 말들이
말의 정거장인 외이도에 잠시 머물다 빠져나와
내 외투 안주머니 속으로 들어와 쌓였던 것이다

사람들은 온종일 성벽 쌓는 노동으로 몸이 부서지고 있었다
한낮 동안 내리쬐는 햇볕 아래 그들에게 건넨 말들이 먼지처럼 떠오르더니
몇 번 벽을 가로질러 부딪히다 다시 내 주머니로 들어왔던 것이다

나는 빈 주머니로 집을 나와 두둑한 주머니로 돌아온다
하룻볕에 체불금을 남기고 돌아온 듯 뒤통수가 뜨겁다

사람들에게 건네준 나의 말들이 밤마다 다시 나에게 말
을 건다
그러므로 나는 습관적으로 나에게 말하듯
세상에서 가장 가련한 어조로 말을 하게 되었다

방의 불을 끄면 방 안 가득 빛을 내는 나의 말들
매일 밤 휘휘 저어 마블링으로
백지 위에 찍어 내고 싶다

퉁,

기타의 울림통과 기타 줄은 한 몸이다
나의 울음과 너의 상처가 한 몸이듯

나의 몸통으로 들어온 불규칙한 공기의 밀도가
나의 울음을 몸 밖으로 밀어낸다
베갯잇에 고요의 얼룩이 묻던 한밤중
기타 케이스 안에서 끊어지는 기타 줄 소리를
들은 적 있는가?
퉁,

미, 라, 레, 솔, 시, 미,
각자의 음정을 유지하기 위해
기타의 여섯 줄이 밤새 팽팽히 장력과 맞서다가
밀실로 스며든 불안정한 습도와
미세하게 공기를 흔들며 번지는
불안의 미립자들을 견디지 못해
한순간 긴장감을 끊어 내는 소리들은
모두 같은 음가의 소리를 내는 것이다
퉁,

너의 안구를 지탱하기 위해 곤두서 있는 시신경이,
너의 심장을 지탱하기 위해 둘러싼 가로무늬근이,
너의 발목을 지탱하기 위해 곧게 일어선 아킬레스건이
언젠가는 긴장감을 잃고
너의 고통을 밖으로 밀어낼 때
너의 몸 전체가 하나의 줄이 되어
한순간에 끊어지는 소리가 들릴 것이다
퉁,

나의 울음 안에서 머뭇거리는 너의 울음은
결국 한 몸인 것이다
너의 울음과 나의 울음을 이어 주는 소리
퉁,

제3부

본제입납(本第入納)

나는 한때 젖어 있었다
그것이 상실감이었는지 우울이었는지
그것이 외부에서 내부로 젖어 들었는지
내부에서 외부로 젖어 들었는지
확신할 수 없지만
분명 내 몸은 젖어 있었고
젖은 몸의 무게를 받아 내고 있는
내 그림자도 젖어 있었다
젖어 있다는 것은 점점 내 지문이 쪼그라들어
감각이 무디어진 갑각류가 되어 간다는 것
가끔 갯벌이 그리웠다

저녁은 자비롭기도 하지
하지만 짧고 또 엷기도 하지
저녁의 짧고도 엷은 지열 위에 누웠던
젖은 내 그림자가 둥글게 말리어 흐느적거렸다
자비로움은 대개 둥글고 부드러운 곡선으로 남는다
순간, 붉은 구름의 흔적을 삼킨 눈동자 속에서
썰물이 빠져나갔다

나는 오직 배고픔을 이기려
크레용을 잘라 먹었다
그중에 유난히 보라색이 좋았다
그러면 입천장에 묻는 죽은 나방의 보랏빛 날개들
불 꺼진 시장 주위를 혼자 서성일 때마다
죽은 나방의 보랏빛 날개들을 입으로 뱉다가
그만 입술이 타 버렸다
이제 항문이 되어 버린 내 입술로 빠져나가는
나방들
그때 내 휘파람이 두 발을 잃었으므로
밤에는 더 이상 휘파람을 불지 않기로 한다

그날 밤 이후 나는 깨진 유리 조각처럼
사방에 흩어졌다
타는 냄새가 밴 폐타이어 같은 몸을 굴릴 때마다
길은 나를 거칠게 다뤘으며
앞이 꺾여 헛도는 풍향계처럼
바람을 등지고 살았다
나는 다만 오래된 사진 속에서 본
흰 운동화처럼 순결해지고 싶었다

누군가의 첫발을 받아 품을 수 있다는 것
그것이 내가 살아 있다는 징표이니

저녁은 자비롭기도 하지
내가 지배하는 텅 빈 소행성의 궤도를 돌아
저녁은 다시 제자리로 돌아온다
분명 내 몸은 젖어 있었고
젖은 몸의 무게를 받아 내고 있는
그림자도 젖어 있었다
어쩌면 이 젖어 있음이
나의 제자리일지도 모른다

즐거운 우리 집

이 밤 쥐며느리에게 밥을 줄 수 있어 다행이다

방바닥 아래 묻어 두었던 가난의 시체를
달빛 뒤편으로 이장하였으므로
잠자리에서 바닥 위로 올라오는 악취를
더 이상 맡지 않아 다행이다
이 집에서 우리는 한 죽음을 맞이하였다
그 죽음을 고스란히 담아내던 침대는 밤마다 집을 나갔
고
돌아오면 젖은 시트 위에 쥐며느리들이 몸을 말고 잠을
잤다
우리의 슬픔이 둥글게 몸을 말고 굳어질 무렵
어깨 위에 심어 두었던 목련 나무는 휘어졌으며
고개 숙인 불안정한 타조의 자세로
한 움큼의 쌀을 씻어 밥을 지었다
밥 냄새가 우리의 결린 어깨를 어루만지며
어깨 위에 하얀 목련꽃을 피워 올리자
죽음은 모락모락 그렇게 우리의 어깨 위에 묻은 채
하얀 밥풀처럼 말라붙어 쉽게 떨어져 나갔다

어머니의 짧은 이력서 어디쯤에서 나는
쥐며느리처럼 몸을 말고 누워 있는지
또 어디쯤에서 말라붙어 떨어질 것인지 알 수 없으나
따뜻한 밥 한 공기에 담겨 있는
오랜 노동으로 굽은 어머니의 손등이
덥석 내 손을 잡아 줄 때
이 밤 쥐며느리에게도 따뜻한 밥 한 알 주는 것이
죽음의 홑청 위에 말라붙어 떨어지려는 나와
화해하는 것임을 알게 되었다
나는 울음을 숨긴 채 쥐며느리로 늙어 가고 있다

산부인과 닥터 M

그의 뿔테 안경 너머 흘기죽거리는 눈빛이 나를 흥분
시킨다

그가 새로 마련한 연미복의 왼쪽 가슴주머니에는 수술
용 가위가 들어 있다

저녁마다 연회가 끝나면 그는 새로 등록한 종이접기 강
좌를 들으러 간다

그는 거기서 익숙한 가위질로 하룻밤에 수십 개의 꽃 모
양과 나뭇잎과 또 아기를 오려 낸다

그는 당황하는 기색도 없이 천천히 가윗날에 묻은 피
를 닦아 낸다

그의 분홍 꽃무늬 가운 오른쪽 가슴주머니에는 츄파츕
스 사탕이 꽂혀 있고

그의 분홍 꽃무늬 가운 왼쪽 가슴주머니에는 수술용 가
위가 들어 있다

그는 가위로 하루를 시작하고 가위로 하루를 마감한다

그의 하루는 침대 위에서 다리가 M자인 자세로 시작해
M자인 자세로 누워 마무리된다

그는 츄파츕스 사탕을 입에 물고 낮에도 익숙한 가위
질로 수십 개의 꽃 모양과 나뭇잎과 또 아기를 오려 낸다

마치 밤에 배운 종이접기를 복습이라도 하듯이

그의 가위질에 난도질당한 아기들이 하수관으로 흘러 들어 간다

아기들의 미처 소리 내지 못한 울음소리가 손가락을 빤다

콘크리트 바닥 아래 배수관으로 아기들의 각 신체 마디 마디 울음소리가 쌓여 간다

언제부턴가 그가 운영하는 산부인과 병원의 화장실 변기에 물이 내려가지 않는다

닥터 M은 고객들을 위해 곧 배관공을 부를 것이다

Sunburst

1.

눈길 위를 개들이 뛰는 것은 즐겁기 때문이 아니라
단지 개들의 민감한 발바닥이 통증을 느끼기 때문이
라지?
이렇듯 내린 눈은 땅 위를 흑과 백으로 나누고
고단한 하루의 일기를 쓰는 가난한 일용공의 빛바랜 노
트를 적시며
침잠했던 일용공의 오늘 하루도 선명하게 각인시키네
홀로 타고 있는 장작개비를 끌어안고 잠이 드는 밤
아침이면 가슴에 묻은 그을음을 닦아 내며
색채를 잃은 겨울 도시의 거대한 유리창 앞에 서
물기 젖은 모래주머니를 이고 버티는 연습을 반복하네
겨울 아침 서걱서걱 일용공의 실핏줄 속으로
눈을 밟으며 녹이는 소리
들리네

2.

어디서든 살아 있으라

실종된 아이를 찾아 생업을 포기한 아비의

바람 빠진 풍선같이 오그라진 허파 부위로 반딧불이들 몰려드네

시간의 손끝에 할퀴어 생긴 아비의 빗살무늬 허파에 빛이 스며드네

반딧불이들의 무덤 앞에서 결코 울지 않으리

아비 자신도 모르는 사이 양발에 신발은 짝짝이로 신겨 있고

아비가 찾아 돌아오는 길 어귀마다 가지를 꺾어 징표를 남길 때

아비의 오그라진 허파는 하나의 거대한 반딧불이처럼 빛을 내네

어둠이 무언극 공연을 시작하는 아비의 뜰 앞

울음에 전착했던 시간의 박쥐들이 쏟아지고

아비는 스스로 벗어 놓은 허물을 뒤집어쓰며

한 마리 슬픈 반딧불이로 퇴화되어 가네

3.

보이네

알츠하이머 할머니를 찾아뵙던 어느 한낮

먹구름들이 우수수 내뱉는 저 찬란한 오렌지들

나른한 오후의 졸음처럼 찾아온 나를

할머니는 오렌지라 부르시네

오렌지, 다음번에도 나는 오렌지예요, 할머니

보이네

할머니의 헝클어진 센머리, 센 기억 위로 툭툭 떨어지는

저 오렌지들

할머니 댁 마당에 쪼그리고 앉아 졸고 있는

내 버려진 이력들

졸음처럼 어느덧 내려진 영혼의 암막 커튼

기억의 암실에서 필름을 빼내며

더듬거리던 할머니의 손끝으로 모여든 망각의 뿌리들이

할머니의 손을 잡았던 사람들의 손에서 손으로

점점 뻗어 가고 있는 모습들이

보이네

●Sunburst: (구름 사이로 갑자기 비치는) 강한 햇빛. 앤드류 요크
(Andrew York)가 작곡한 기타 연주곡의 제목.

단풍병동

길병원 호스피스 병동 위층에서 내려다보이는
구월남로에 단풍나무가 빨간 단풍잎을 떨어뜨리고 있
었지
단풍잎은 단풍나무가 자신에게 주는 마지막 선물
자신에게 마지막 줄 수 있는 선물을 가진다는 것은
그동안 살아온 시간들의 불안정한 지배 구조를 정리한
다는 것이지

떨어진 단풍잎 사이로 철없는 연인들이 맨살을 부딪치고
그 자리에 빠르게 번져 가는 감각 없는 통증
단풍나무들은 서로의 통증에 시샘하지 않지
걸음마를 막 뗀 아이들이 재잘거리며 지나가는
오후의 햇살이 주워 든 단풍잎을 내 눈 안으로 밀어 넣
으며
내 동공 속에도 빨간 단풍이 물들 때
나는 나에게 줄 선물의 목록들을 내 동공 속에 기록하지

창밖을 등지고 차가운 시멘트 벽에 기대서면
벽 하나 사이를 두고 문을 열어 둔 채
자신에게 마지막 선물을 하고 있는

여러 그루의 단풍나무들이 서 있었지

어제는 그동안 단풍잎 다 떨어뜨린 단풍나무 하나
뿌리가 드러날 때까지
다른 단풍나무들은 침묵으로 예의를 갖췄지
단풍나무들은 서로의 통증을 시샘하지 않기 때문이지

어제 단풍잎이 수북이 떨어진 병실 자리에 아이들이
찾아와
단풍잎을 두 발목 위에 덮으며 재잘거리고 있을 때
단풍나무는 그 자리에 땅을 뚫고 올라오는 어린 단풍
나무를 보며
비로소 완고했던 뿌리의 무릎을 드러내었지

그리고 나는 내 무릎을 아무에게나 보여 주지 않기로
마음먹었지

심장은 괜찮아

외삼촌의 심장은 모래주머니 소리를 냈다
쓰러진 축사 옆에 누운 외삼촌이 말했다
심장은 괜찮아

외삼촌이 키우던 개들이 축사 밖으로 뛰쳐나갔다
돌아오지 않을 외삼촌의 열망은
개들의 빈 밥그릇에 담겨 조금씩 식어 갔다
외삼촌이 뒤뜰에서 몰래 기르던 수사자, 검은 늑대, 하
이에나, 붉은 코끼리
어느 날 축사를 지키던 개들처럼 한꺼번에 사라졌다
아무도 외삼촌의 뒤뜰에는 관심이 없었다
외숙모만 울었다

어느 농한기 외삼촌은 헐거워진 몸을 세우기 위해
높은 비계 위에 오르다 떨어져
이마의 절반이 잘려 나갔다
외삼촌의 이마에서 흘러내리는 어머니, 누나, 여동생,
외삼촌의 이마에서 쏟아지는 흙 묻은 신발, 검은 베레
모, 닳아빠진 목장갑,
다시 주워 담을 수 없는 개들의 밥그릇처럼 나뒹굴던,

외삼촌의 이마에 어느 날 빛이 들어 오랜 암흑 속에서
눈뜨면
추억은 시력을 잃으리니
어둠이 무서워
겨울이 무서워
외삼촌은 떨리는 손으로 가슴을 뜯으며
눈을 찌르며 모래같이 흐르는 심장을 주워 담으며
심장은 괜찮아
심장은 괜찮아

울타리 너머로 오랜 노동의 손이 삽을 세우고 손등을
비빈다
눈앞에 펼쳐지는 외삼촌이 갈아엎은 밭의 지도
아무도 가 보지 못한 외삼촌의 뒤뜰로 돌아와 잠을 자는
외삼촌이 몰래 기르던 수사자, 검은 늑대, 하이에나, 붉
은 코끼리
축사로 하나, 둘 모여드는 외삼촌이 지은 열망의 목록들
외삼촌의 심장을 관통하며 흐르는
외삼촌이 잃어버린 눈동자, 절반이 잘려 버린 이마, 슬
픔을 노래할 수 있던 낭만,

그래도 심장은 괜찮아

심장은 괜찮아

중환자 보호자 대기실

이곳은 공중정원
적당히 어두운 조명 아래 기울어진 소파가 떠 있고
하루 종일 음소거된 TV가 떠 있고
이따금 TV 화면 아래로 흐르는 보호자 호출 자막이 천
장에 떠다니는
벌레처럼 꿈틀거리며 잠자는 사람들이 떠 있고
그들의 가슴속을 기어 나온 슬픔의 부유물들이 제 것이
아닌 양
외면당한 채 떠다니는 공중정원

순서도 없이 한 줄로 늘어선 불안함이 주저앉아
반찬 통에 묻은 밥알처럼 말라붙어 가는 공간 속
표정 없는 사람들의 집에서 가져온 숟가락에만 표정이
묻어 있는
단 한 번의 외출로 어떤 사람은 마중을
어떤 사람은 배웅을 위해 뛰어내려야 하는 공중정원

새들도 찾아오지 않는 무겁고 탁한 공기 속을 휘저으며
희미해져 가는 가족의 이름을 반복해서 속으로 부르다
그 이름에 곧 반사적으로 뛰어내려야 하는

이곳은 결국 지상에 안착하지 못한 인생을 등 떠밀어내는

불안한 공중공원

부고

—

　매일 아침 그가 누웠던 마지막 자리를 지나간다
　때로 무심하게 때로 격정적으로

　어쩌면 그가 마지막으로 긴 호흡을 몰아쉬었을
　마지막으로 밤하늘의 반짝이는 별들을 눈에 담았을
　이 자리를 지날 때마다
　나의 퇴폐적인 속도를 줄인다

　경건함이란 잠시 속도를 줄이는 것
　그 속절없는 속도에 굴하지 않는 것
　빠른 걸음으로 지나쳤던 나의 풍경들은
　얼마나 세속적이며 또 음란한 표정으로
　나의 뒤통수를 바라보고 있는지
　이 자리를 지날 때마다 나는 생각한다
　나의 죄는 또 어디서 반복되고 있을까
　그가 이 자리에서 마지막으로 떠올렸을 장면은
　또 어디서 재생되고 있을까

　이 자리를 지날 때마다 보인다
—　차가운 밤의 세포가 그의 육신에서 어두워져 갈 때

하늘에서 그가 누운 자리로 내려왔을 사닥다리 하나,
오르고 내리길 몇 번이나 반복했을
그의 어긋난 환도뼈가 말해 주는 그의 처절했을
마지막 망설임

오늘도 무심하게 속도를 내며 지나가는
감정 없는 수레바퀴 밑으로
안식하고 있는 앉은뱅이 그림자들
그의 마지막 자리 건너편 현수막이
그의 부음을 계속 알리고 있을 뿐

'위험! 사망 사고 발생 지점'

순례자

태양의 뒤편에서
나는 하이에나의 울음소리를 답습했다

태양의 뒤편에서
태양을 등진 나의 자전주기는
점점 늦어졌으며 나는 원근감을 잃었다

눈앞의 것들이 손에 잡히지 않았다
하이에나의 울음소리로 혹사당한 내 발성기관은
자음을 잃었다

태양의 뒤편에서
그림자놀이를 하던 손가락에서 물갈퀴가 자라났고
그림자는 반 토막이 되어 절룩거렸다
이마가 파랗게 식어 갔다

거부할 수 없는 인력(引力)이 내 가슴을 끌어올리며
나는 허공에 떴고
독수리들이 날아와 어깨를 낚아챘다

태양의 뒤편에서
나는 그렇게 날짐승의 먹잇감이 되어
또 다른 먹잇감을 찾는 하이에나의 울음소리를 냈다
모음의 체계로 이루어진 울음소리는
태양의 뒤편에 동굴을 만드는 치명적인 위력이 있다

빛에 허기진 순례자들은 태양의 뒤편에
각자의 동굴을 만들어 깊어지고 있었다
밤이 되면 나는 동굴에 거꾸로 매달려
어둠의 씨앗을 씹어 먹었다

내가 배부를수록 동굴의 허기도 채워졌으며
태양의 뒤편에 떠도는 하이에나의 울부짖음이
어둠의 끝에 모서리를 지워 버렸다

나의 영혼은 동굴 속에서 두루마리처럼 둥글게 말렸다
스스로 마음먹지 않으면 멈출 수 없는 이 순례의 의지가
태양의 뒤편 동굴마다 빛을 탐닉했던 순례자들의 발
자국을
계속 자라게 하고 있었다

III

그늘 숭배자

—

햇무리의 화관을 쓴
나의 초상을 바라본다

일찍이 내 앙상한 뼈를 기대며 의지하던
담장 밑 그늘 아래
나는 태양의 일부로 떨어져 나온 빛의 파편을 심었고
물을 주자 그 자리에 내 모습을 닮은
가는 잎의 검은 꽃이 피어올랐다
햇무리 아래에서 나는
내 검은 꽃잎을 여러 갈래로 찢어 놓길 좋아했으므로
나는 금이 간 유리에 비친 모습처럼
눈을 잃었고
귀를 잃었고 입을 잃었고
얼굴을 잃었다

나는 땅에서 피었으나 하늘에서 지고 싶었으므로
금이 간 유리처럼 빛나던 나의 파편들을 모아
하늘을 향해 반사시켰고 그럴 때마다
햇무리에 갇혀 내 안 어디에도 둥지를 틀 공간이 없는데
긴 꼬리의 하얀 새들이 날아들어

—

머리 위로 원을 그리며 돌다
물고 온 올리브 잎사귀를
한 잎 두 잎 떨어뜨린다

올리브 잎사귀를 맞으며
불현듯 나도 그늘이 되고 싶다는 마음이
그늘져 나를 겹쳐 드리워 버릴 때
비로소 햇무리의 화관이 떨어지고
올리브 잎사귀로 엮은 관을 다시 머리에 얹을 수 있었다
이제 나는 햇무리를 벗어난 한 그루의 올리브나무
긴 그늘을 만들 수 있으므로 긴 꼬리의 하얀 새들을
그 아래로 돌아와 쉬게 해 준다

햇무리를 뛰쳐나와 얼굴을 찾은
나의 검은 초상이 울컥,
그을음을 토해 내자
나는 그늘 숭배자가 되었다

거울 속의 촛불

소낙비 내리는 여름밤 내 슬픈 눈 속에 촛불을 켜 놓는다. 곧 눈동자는 충혈되고 촛농이 되어 굳어 버린 눈물은 뚝뚝 부러진다. 빗물이 들이닥친 네모 난 창틀 속에 가둬 둔 빗소리는 밤새 어머니와 여동생을 깨운다. 어머니는 비를, 비 내리는 밤을 싫어하지만 여동생은 오빠가 좋아했던 비 내리는 밤을 껴안고 그녀 역시 굳어진 눈물을 뚝뚝 부러뜨릴 것이다. 촛불이 타오르는 검은 연기 속에 젊은 날의 추억들이 질식하고 천천히 수의를 갈아입는다. 젊은 날 상처를 닦아 내듯 그을린 방 안의 거울을 닦아 내니 거울 속에도 여러 개의 촛불이 일렬로 켜진다. 거울 속으로 비바람이 들이닥친다. 나는 쓰러지고, 내 슬픈 눈 속 촛불도 꺼진다. 어머니는 초를 찾아 밤새 또 빗속을 헤매실 것이다. 어머니의 늑골 부위가 환하게 밝아지는 밤. 어머니의 늑골에 손을 대면 다시 일어날 수 있을까? 소낙비 내리는 여름밤 나는 꺼진 촛불. 방 안은 검은 연기로 희미해져 간다. 거울 속에 지워지는 내가 운다. 거울 속에 지워지는 내가 말한다. 나는 죽음이 두렵지 않아요.

신기루

당신의 붉은 손톱 열 개를 내 심장에 새겨 넣자
하늘에 떠오르는 열 개의 붉은 초승달들
숲을 빠져나와 오른쪽으로 모로 누우면
내 심장은 왼편 가슴에서 녹아 흘러
오른편 가슴에 고이게 된다

짐승이 짐승을 사랑하는 일이란,
사람이 짐승을 사랑하는 일이란.
짐승이 사람을 사랑하는 일이란,
사람이 사람을 사랑하는 일이란.
심장을 녹이며, 피를 말리며, 온몸을 잘게 부수는 일

시간이 흐를수록 내 뼈도 살갗도 모두 녹아
누운 자리가 끈적끈적한 액체로 붉게 밴다
바람 불고, 뜨거운 태양의 입김이
응고된 내 몸의 잔류물마저 증발시키며
한 움큼의 가루로 남아
엄지발가락만의 힘으로 버티어 서 있었던
지표면 위를 굴러다닌다

어디선가 산짐승들 찾아와
내 심장의 혈흔을 핥으며
허기진 배를 채우고 숲으로 들어가자
하늘에 떠 있던 열 개의 붉은 초승달들
숲으로 떨어지고 숲은
붉은 심장으로 변한다

밀랍 인형 쥬디

배고픈 저녁을 맞이하듯 태연히 죽음을 맞이할 수 있
을까
그래서 달콤한 나의 공복을 하늘에 거꾸로 매달고
닳은 운동화를 두 손에 들고 웃을 수 있을까

모래톱에 빠진 나의 눈물들이 성을 쌓고 내게 밀려드는
너의 쓸쓸한 저녁을 오지 마라 오지 마라 막을 수 있을까
태엽이 풀린 토끼 인형을 안고 너의 비누 향을 기억할
수 있을까

초점 잃은 내 망막 속을 유유히 걸어가는 내 어린 나무
에게
여기 이 그늘이 자라고 우리의 겨울이 신음하기 전에
머물지 말고 어서 가라 어서 가라 등 떠밀 수 있을까

빈 옷장 속 나프탈렌처럼 습한 동굴의 기억들을
온몸으로 끌어안고 오래 잠들 수 있을까
동굴 속에서 나의 두 발은 봉인된다
나는 밀랍 인형처럼 내 살 안에 내 영혼을 가둔다
두 발을 끌며 남은 시간의 구절을 묵독한다

불온한 감정의 포교자

정재훈(문학평론가)

불가항력적인 한낮의 그림자도,
자신의 길만 재촉하는
돌이킬 수 없는 물결도,
시간이나 운명과 매한가지이니.

상관없으리. 허나 시간은 사막에서,
죽은 자들의 시간을 재기 위해
고안된 듯한
부드러우나 버거운 자양분을 발견했네.
—보르헤스, 「모래시계」 부분

여기, "오래된 책"이 있다(「불온한 독서」). 거기에는 변방에
위치한 "사막의 모래"에 오랫동안 묻혀서 쉽게 눈에 띄지
않았을 게 분명한, 이름 없는 영혼들의 흔적들이 기록되어

있었고, 마찬가지로 이름 없던 어느 "늙은 여자의 자궁"에 남아 있을지 모를 그때의 피비린내가 흐릿하게 코끝을 스치다가, 문득 발작처럼 밀려오는 그때의 산통과 함께 낮고 길게 이어지던 신음 소리가 담겼다. 누군가의 흔적과 소리 들은 오로지 "바람의 길"을 따라 발걸음을 옮긴다. 그러니 어찌 알겠는가. 격랑이 언제 닥칠지 모를, 시시때때로 죽음을 예감해야만 했을 그 시절 "뱃사람들의 종교의식" 또한 뭍사람들은 이해하지 못했을 것이다. 어디든 정착을 거부하는/거부당하는 흔적과 소리 들은 뭍사람들의 바람/두려움과는 상관없이 다시 바람에 제 몸을 싣고 기척도 없이 뭍을 떠났다.

시집 곳곳에 자리 잡은 '사막'에도 바람의 길은 나있었다. 이곳에서도 뱃사람들의 종교의식에 버금가는 무언(無言)의 '절박함'이 삶과 죽음의 경계, 그 미지의 문턱을 홀로 배회한다. 아무리 "몸 안에 머뭇거리는 것은 다 사라지는 세상"이라 할지라도(「불온한 독서」), 자칫 이곳에 무심코 걸음을 옮기기라도 한다면, 사막의 열기로 인해 입안이 텁텁하기 시작했을 것이고, 바람에 실린 모래알이 혹여나 입안에 들어가기라도 한다면 그 순간만큼은 이곳이 진정 사막이라는 것을 깨닫게 되리라. 급기야 거친 "모래 폭풍"까지 불어 닥친다면, 이물감은 몸 전체로 퍼져 갈 것이고, 어느새 "새로운 모래언덕"을 눈앞에 마주해야 했을 것이다(「마고에게」). 언젠가 "이음동의어"(「마고에게」)라는 낯선 단어들을 이리저리 끼워 맞춰 가면서('자음과 모음의 뼛조각'을 이어 붙였던 「시인의 말」) 홀로 읊조렸을 시인도 그랬다.

사방이 막힌 방 안에 홀로 앉은
두 귀가 없는 소녀가 더듬더듬 오보에를 꺼낸다
소녀는 익숙하게 A 음을 길게 뿜어낸다

오보에 소리가 새어 나가지 못하고 방 안을 가득 맴돌 때
소녀가 앉아 있는 왼편 벽면에 격자무늬 창 하나가 만들
어지고

소녀가 앉아 있는 맞은편 벽면에 소녀의 키만 한 문이 만
들어지고

소녀가 앉아 있는 오른편 벽면에서 그랜드피아노 한 대
가 튀어나와 뚜껑이 열리고

소녀가 앉아 있는 뒤편에서는 주인 잃은 각각 다른 크기
의 그림자들이 일제히 일어섰다 앉기를 반복하고 있다

소녀가 뿜어내는 A 음의 오보에 소리가 소녀의 가슴에도
창을 달아 주고

문을 달아 주고, 두 귀를 달아 준다

그곳으로 들락거리는 각각 다른 크기의 그림자들에게 꽃
을 달아 준다

방의 천장이 열리면 우주 공간의 떠돌이별들도 제자리를
찾을 것이다

—「리에종—불어 연습」 전문

리에종(liaison). 생소한 말이었다. 위 시의 말미에 시인이
사전적 의미를 덧붙여 놨지만, 그것보다는 단어를 직접 소
리 내어 말했을 때, 그러니까 '리에종'이라고 소리 내어 보
았을 때, 이국적인 입말 탓인지 혀끝에 감도는 어떤 낯선
느낌 때문에, 몇 번이고 더 발음하게 된다. 리에종. 이 연음
현상 덕에 '불어'만의 매혹적인 어감이 가능한 것은 아닐까.
흔히들 우스갯소리로, 욕설조차도 아름답다는 프랑스어라
고 하지 않는가. 어쨌든 이 리에종을 곱씹다 보면 낯선 어
감이 입가를 맴돌다가, 조금씩 머리와 가슴으로 스미면서
응어리가 만들어지는 듯한 기분이 감돌기 시작하고, 일종
의 상상적 점성(黏性) 같은 것이 생긴다. 이러한 점성은 유
독 어떤 단어들을 곱씹을 때 나오는 순간의 즐거움이라 할
수 있는데, 이것이야말로 우리가 시를 읽고 싶어 하는 이유
이지 않을까 싶다.
　또한, 위 시의 부제인 "불어 연습"은 '습작'을 연상시킨
다. 반복과 연습, 기다림. '시인'에게 습작은 홀로 앉아서
'시'를 끈기 있게 기다리는 일이다. 낯선 단어들을 반복해서

말하며 연습하듯이 이원복도 그렇게 습작기를 보냈을 것이다. 단어와 단어를 이리저리 끼워 맞추다 보면 하나둘씩 덧붙여졌을 흔적과 소리 들이 자신의 시적 세계를 채워 나가고 있다고 여겼을 것이다. 그렇게 소리로써 무언가 채워지고, 덧붙여지고, 급기야 우주의 떠돌이별까지 "제자리를 찾을 것"이라는 희망은 분명 아름다웠다. 하지만 "오보에 소리"가 멈춘다면, 다시 사방이 막힌 방 안일 것 같고, 소녀도, 우주의 별들도 모두 예전의 상태로 되돌아올 것이다. 그만큼 사방의 벽들은 견고했고, 소녀의 한계(장애)는 절망적이었으며, 우주는 여전히 인간의 눈이 미치지 못할 정도로 광활하다. 시인을 둘러싼 세계는 그랬다.

흔한 단어일수록 그 껍질은 딱딱하고 두껍다. 그래서 그 "껍질 속 내면에 만발한" 결실(「무화과꽃」), 즉 기존의 의미를 완전히 무화시킬 수 있을 만한 새로운 의미를 얻는다는 것은 결코 쉬운 일이 아니다. 그럼에도 '시인'이라면 짊어져야 할 운명이었을 테고 그렇기에 과정은 언제나 혹독했으리라. 무릇 '시인'이라 한다면, 딱딱하고 두꺼운 껍질에 싸여 있던 부드러운 과육(영적인 자양분)을 한 번쯤은 맛본 적이 있었을 것이다. 습작기의 열병을 앓으며 '시'가 오기를 견딘 것도 그 때문이었을 것이다. 쉽지 않았으리라. 익숙했던 주변의 모든 것들을 파헤쳐야 했고 가끔은 무언가를 정말 붙잡았다 싶었어도, 돌아서면 빈손이었을 때가 많았을 것이다. 하지만 이원복은 포기하지 않았다. "지난밤 처절했을 배설을 생각"하며 "동공이 커지고 숨소리가 거칠어"지는 하루하루가 자신의 삶이자, 유일한 방식이었음을 잘 알고 있었기 때문이다(「나는 수요일을 기른다」).

거친 숨소리와 확대된 동공은 평평한 데에서 나오지 않는다. 다시, 시인에게 혹독했던 장소를 떠올려 보자. 그러니까, 앞서 「불온한 독서」에서 들었던 적 있는 "늙은 여자의 목소리"가 넘었던 바로 그 "모래언덕" 말이다. 사막에만 언덕이 있는 것은 아니었다. 새로 생기다가도 어느새 사라지게 될 것이기에 그때마다 이름을 "임시로 지어"야만 했던 또 다른 "언덕"도 있었다(「나는 나를 위해 달린다」). 비록 "이 언덕을 달리는 것이 나의 한계라 느껴지지만" 그럼에도 그는 쉼 없이 달려간다. 지면을 박차면서 앞으로 나아가려는 일탈, 이것은 또한 "부력으로 일어나는 법을 배워야"만 했던 그때와 동일한 방식으로 행해진다(「담벼락의 눈동자」). '언덕'은 흔한 단어다. 하지만 그곳에 오르면 시야는 바뀐다. 오르기 전에는 보지 못했던 것이 보인다. 그때마다 시인은 무언가가 솟아오르는 기분을 느꼈을 것이다.

나는 당신이 가 보지 못한 언덕을 달린다
당신이 쳐다만 보던 국화밭을 가로질러
당신이 코피를 쏟던 아카시아 나뭇등걸을 밟고
아무도 당신의 이름 부르지 않는 대나무밭 사이를 지나
당신이 가 보지 못한 언덕을 달린다
나는 당신을 위해 달리지 않는다
오직 나 자신을 위해 달린다

나는 당신을 위해 달리지는 않지만

가끔 당신을 생각하며 언덕의 이름을 임시로 지어 본다

아무도 명명하지 못한 작은 언덕을 당신이 소유하게 한다

이 언덕을 달리는 것이 나의 한계라 느껴지지만

내가 이 언덕의 주인이 아니므로 나의 한계도

나를 벗어나 당신에게 달려간다

나를 위해 달린다는 것, 그것이 나를 쓰러지지 않게 하는

방법이다

누구나 새들의 가슴을 쓰다듬을 수 있는 것은 아니다

내가 달리는 동안 새들은 나에게 가슴을 내준다

누구나 뱀의 눈을 핥을 수 있는 것은 아니다

내가 달리는 동안 뱀들은 나에게 눈을 내준다

나는 달리며 서서히 내 몸이 거대한 액체 덩어리가 되어

가는 것을 느낀다

당신이 나를 불어 주면 나는 이 언덕 위에 쏟아질 것만

같다

나는 당신을 위해 달린 것은 아니지만

이 언덕 위를 계속 달려 하나의 거대한 액체가 되어

당신의 이마와 눈과 가슴과 배꼽과 발바닥으로 스며들길

간절히 바란다

─「나는 나를 위해 달린다」 부분

저 움직임을 눈여겨보라. 시인의 분신인 화자('나')는 '당
신'을 향해 달린다고 말하고, 또 한편에서는 달리지 않는다

고 말한다. 동일한 움직임("달린다")이 시에 반복적으로 배치되었다는 것은 그만큼 의지가 강하다는 뜻이다. 따라서 단순하게만 봐서는 시인이 정말 무엇을 원하는 것인지 포착하기 어렵다. 달리는 것은 신체적 행위만이 아닌, '시적'인 욕망이다. "호흡과 피를 순식간에 집결시키지 않는 음악"[1]은 없다고 말한 키냐르의 글에 따른다면, 이원복에게 '달리기'는 그의 음악이자, 시적 욕망이라 하겠다. 거친 호흡과 격렬한 박동은 최초의 음악이며, 연회이자, 종교이며 오르가슴이다. 시인은 '당신' 너머에 있는 미지의 영역까지 달린다. 아무도 "가 보지 못한 언덕", 또 "누구도 달릴 수 없었던 높은 언덕"은 평평한 의미들 사이에서 그렇게 솟아난다.

'당신'도 마찬가지다. '당신'도 두껍고 딱딱한 껍질에 싸여 있었다. 하지만 '당신'은 '나'처럼 '호흡과 피'로 이루어진 존재다. 이러한 당신이 마치 "감각이 무디어진 갑각류가 되어 간다는 것"은 시인의 입장에서 절망스러운 일이었을 테다(「본제입납」). 너무나 오랫동안 딱딱한 껍질에 둘러싸여 있던 '당신'의 속살(영적인 자양분)은 그만큼 깊숙이 감춰져 있어 왔기에 어지간한 의지가 없고서는 다다르기가 쉽지 않았으리라. 지금까지 '시인'들 또한 그 껍질을 벗겨 내기 위해 몸부림쳐 오지 않았던가. 그러니까, 바깥 혹은 그 너머를 상상해 보는 일이야말로 문학일 것이며, 특히 이원복에게 '시'는 견고하게 둘러싸인 존재의 속살을 드러내는 일이

---

1 파스칼 키냐르, 『음악 혐오』, 김유진 역, 프란츠, 2018, p.116.

라 하겠다. '당신'과 '나' 사이에 서로의 날숨과 시선이 순간 순간마다 중첩되면서 그때마다 "무한한 해독의 환상적 과정"(블랑쇼)에 진입하는 것이야말로 시(詩)다.

이는 완성에 도달할 수 없으며, 그렇기에 계속해서 다시 시도해야만 하는 연습의 과정이다. 또한, '무한한 해독'은 자신이 속한 세계의 말들을 끊임없이 재배치하면서 실현되는 것이다. 일상의 말들에 의해 형성된 의미적 자장(磁場) 내에서 시인은 쉼 없이 일탈을 시도한다. 그 시작(詩作)은 '당신'을 침입하면서 시작(始作)한다. 정점에 도달한 운동량은 급기야 화자를 액화(液化)시키고, 곧장 '당신'에게 스민다("거대한 액체 덩어리"). 이러한 '액화'는 '새들의 가슴'과 '뱀들의 눈'을 한 반인반수의 상상력과 다르지 않다. 죽음이라는 한계에 종속된 육체를 뛰어넘고자 한 상상력은 오래된 것이지만, '시'에서는 유일하게 허락된다. 시의 장소, 즉 "계속 외부로부터의 침입적인 정보를 가능하게 하는 장소"[2]는 '시인'의 일탈 또한 받아들이면서 동시에 끊임없이 유동하는 감정의 장소이기 때문이다.

하나의 문,
사람들마다 꼿꼿이 세운 어깨뼈 위에 서로의 가늠쇠를
겨누며
지나가는 저녁의 거리 한가운데 문 하나,

---

2 이수명, 『표면의 시학』, 난다, 2018, p.105.

그 문 주위, 안과 밖을 구분 못 해 어지러운 발자국에

각각 잃어버린 신발을 찾아 신겨 주자

사람들 각자의 방향 따라 어깨 돌려 문턱 앞에 슬며시

자신의 무릎을 들어 올린다

그때 각자 가슴속에 불규칙적으로 엉겨 있는 불확신의 침전물들이

수직으로 무릎까지 타고 내려와

잠시 무릎 연골을 거치며 한 번 걸러진 후

다시 문턱을 넘어 가볍게 무릎을 내리게 된다

문득, 사람과 사람 사이 무릎의 무게를 가볍게 만들어 주는

문 하나

또 하나의 문,

당신과 나는 너무 어렸다 어린 것이 죄가 되었던 시절

우리의 겉옷은 누추하고 좀먹었으나 결코 벗지 않았다

벽에 박힌 못은 녹슬어 우리의 겉옷을 지탱해야 할 지구의 중력으로부터

이미 자유롭지 못했으므로 벗어 놓을 수가 없었다

우리는 그 못을 우리의 분신처럼 가여워했으나

때로 그 못으로 하루의 끼니를 때워야 했고

그렇게 저어하게 흐르던 시간의 유속에 방치된

우리의 녹슨 영혼들은 속절없이 한 시절의 배수구로 방류되고 있었다

소용돌이 속으로 빨려드는 영혼들이 울컥 뱉어 내는 녹
슨 못들

문득, 그때 문 하나만 있었다면,

사라지는 영혼들을 붙들 수 있었을 시간과 시간 사이

문 하나

─「문득」 부분

액화는 일종의 '감응'이다. 앞서, 「나는 나를 위해 달린
다」에서 본 반복적인 행위("달린다")처럼 위 시에서도 유속
이 일어나며 계속해서 무언가 흘러가는 것을 볼 수가 있다.
이것이 발생하는 공간은 바로 '문(門)'이다. 안과 밖의 경계
는, '나'와 '당신' 사이(틈)이기도 하다. '감응'은 이 경계와 틈
에서 발생한다. "무릎"이라는 신체 부위를 드러낸 것은 내
밀한 접촉을 가리키기 위함이며, '나'와 '당신'이 지닌 (감정
의) 침전물들은 곧 '시 쓰기'를 의미한다. "신체로 밀려든
촉발은 감응이 되고 그 감응은 신체 안에 침전되고 응결"[3]
하면서 감정적 지점이 열리고 그렇게 "죽음과 삶이 더 섞이
지 못하고 굳어지는 저녁"이 온다(「우체부 Joseph Roulin」). 황
혼이라는 시간적 경계를 지나 밤의 세계가 오듯이, 시인의
문(門)은 또 다른 문으로 이어진다. 질문이 되고(問), 특유의
무늬(文)로 번진다. "불확신"은 질문을 받은 상황에서 나오
는 것이기에 예측할 수 없으며, 황혼의 무늬는 가혹한 "중

---

3 최진석 편, 『감응의 유물론과 예술』, 도서출판b, 2020, p.68.

력"의 운명을 상기시키지만 동시에 아름답다.

그리고 키냐르에 따르면, 쓰는 것은 말하는 것보다 더 물질계에 가깝고, 쓰기는 수은보다 더 농밀한 물질이다.[4] 액체 상태의 금속은 고대에도 신비로운 물질로 여겨져 왔다. 상온에서 액체인 어느 물질보다도 가장 밀도가 높다는 수은처럼 시인의 '시 쓰기' 또한 일상 속에서 부드럽지만 특유의 농후함이 감춰져 있다. 그 구성 물질이라 한다면, 그것은 바로 누군가의 흔적과 소리 들이다. 그것들은 뭍사람들이 생각하는 것보다 언제나 많거나 깊었으며, 또 그들이 생각지도 않았을 어둠과 슬픔이 일으키는 감정의 격랑은 불모지의 날씨와도 같을 것이다(「헬싱키, 헬싱키」). 망망대해 위에서 칠흑 같은 밤이 어김없이 찾아올 때마다 물결 소리와 함께 수장(水葬)한 동료들을 떠올리면서 자신 또한 같은 운명을 맞이할 것이라 짐작했을 그때의 '뱃사람들의 종교'를 뭍사람들은 여전히 알지 못한다.

다시, 리에종. 이제 필자에게도 문(門/間/文)이 보인다. 시로써 건네받고 그로 인해 스며드는 낯선 감정은 독자가 또 다른 문을 찾도록 부추긴다. 리에종의 또 다른 문, 즉 스튜 등에 밀가루 등과 같은 농후제를 사용하여 농도를 맞춘다는 뜻도 있는데 이러한 의미를 끌어온다면, 이것은 어떤 덩어리를 떠올리게 한다. 막스 피카르트는 저서 『인간과 말』에서 '말'은 인간 앞에 쏟아진 '소리의 무더기'이며, 또한 '소

---

4 파스칼 키냐르, 『심연들』, 류재화 역, 문학과지성사, 2017, p.122.

리의 덩어리'라고도 하였다. 그는 시인의 말, 즉 시적인 것을 향한 찬미와는 별개로 오늘날의 말들에 대해서는 상당히 비판적인 태도를 취하는데 이러한 대목은 책 곳곳에서 살펴볼 수가 있다. 특히, 그에게 오늘날의 문장들은 짧게 던져진 것에 불과하며 거칠고 경솔하기 때문에 그것들에서는 아무것도 탄생하지 않는다. 하지만 "풍부한 양분을 포함한 수풀이 길가에 우거진 문장"이 그의 말마따나 정말로 오늘날에 존재하지 않는다 할지라도, 누군가는 그 믿음을 간직하며 살아가고 있지는 않을까.

이 오래된 책은 곧 닫힌다. 그와 동시에 다시 새롭게 열릴 것이다. 시인이 시로써 우리에게 포교하고자 한 불온한 감정들은 피카르트가 지적한 공간, 즉 이원복 시집 안에 펼쳐진 언덕과 사막, 초원과 바다에서 나온 것이라 할 수 있으며, 이는 원래부터 인간과 그리 멀리 떨어지지 않던 감정적 지점이다. 시인의 종교를 단순히 원시적이라고 말할지라도, 이것은 굶주린 우리를 "구원하는 양식"이 될 것이다(『불온한 독서』). 이것과 정반대의 양식(樣式), 그러니까 누군가의 희미한 소리와 고통스럽게 남긴 흔적에, 귀 기울이지 않고 눈여겨보지 않으려는 태도야말로 문장들을 더욱더 메마르게 하고, 우리를 더 큰 절망으로 빠지게 할 것이다. 하지만 이원복의 믿음, 아니 '시'라는 종교는 "우리를 기다리는 죽음"을 시시때때로 상기시키며(『불온한 독서』) 우리에게 보이지 않는 누군가의 목소리를 들으라 하고, 사라져 가는 것들의 그림자를 상상하도록 요구한다. 그러니, 믿으라. 그

불온한 감정을 쉼 없이 연습하라.